EL CLUB
DE LA SALAMANDRA

EL CLUB

DE LA SALAMANDRA

JAIME ALFONSO SANDOVAL

PREMIO DE LITERATURA JUVENIL
GRAN ANGULAR 1997-MÉXICO

ediciones SM

Sandoval, Jaime Alfonso
    El Club de la Salamandra / Jaime Alfonso Sandoval – 3a
ed. – México : Ediciones SM, 2004 [reimp. 2015]
223 p. : il. ; 21 x 13 cm – (Gran Angular; 6)

ISBN : 978-970-688-492-3

1. Literatura mexicana. 2. Literatura juvenil. 3. Curiosidad en la
literatura. 4. Viajes – Literatura juvenil. 5. Aventuras. I. t. II. Ser.

Dewey 863 S26

Fotografía de cubierta: © Photos.com

Primera edición, 1998
Tercera edición, 2004
Decimosegunda reimpresión de la tercera edición, 2015
D. R. © SM de Ediciones, S. A. de C. V., 1998
Magdalena 211, Colonia del Valle,
03100, México, D. F.
Tel.: (55) 1087 8400
Para conocer SM, su fondo editorial y sus servicios: www.ediciones-sm.com.mx

ISBN 978-970-688-492-3
ISBN 978-968-779-177-7 de la colección Gran Angular

Miembro de la Cámara Nacional de la Industria Editorial Mexicana
Registro número 2830

Impreso en México / *Printed in Mexico*

El Club de la Salamandra
se terminó de imprimir en septiembre de 2015
en en Programas Educativos, S. A. de C. V.,
calzada Chabacano núm. 65 local A, col. Asturias,
c. p. 06850, México, D. F.
En su composición se empleó la fuente Times.

Las grandes cosas, con intentarlas basta
PROPERCIO

1 El nacimiento de un científico

SÓLO hay dos trabajos extremadamente peligrosos en el mundo: domador de serpientes e investigador científico. El riesgo de la primera actividad es comprensible; quien haya intentado domesticar a una boa constrictor sabe de lo que hablo. Sólo le supera en riesgo la labor del científico; hay más peligros en esos "tranquilos" laboratorios que en cualquier otro lugar, si no pregúntenselo al matrimonio Curie, descubridores de la radio actividad cuyos cuerpos fluorescentes todavía resplandecen en el cementerio de París, o al doctor Spellman, primer fusionador de átomos, que en su última prueba se fusionó por completo; lo único que se pudo rescatar de su persona fue un monóculo (al que levantaron un monumento en su pueblo natal de Liezen, Austria).

Los científicos e investigadores no siempre están encerrados, también organizan intrépidas expediciones para comprobar sus revolucionarias hipótesis: pocos saben que Darwin, antes de elaborar la teoría de la evolución de las especies, pasó una temporada en las islas Galápagos donde, entre otras cosas, luchó con una tribu caníbal, peleó con un ejército de monos hidrofóbicos y tuvo tres ataques de malaria consecutivos. Aventuras nada despreciables para un tímido profesor de biología de Shrewsbury.

Yo personalmente conozco todos los riesgos de esta profesión: fui investigador y ahora vivo en un hospital. Mis expediciones me han dañado gravemente, tengo por lo menos trescientas heridas en el cuerpo, por cabello me queda un mechón chamuscado, y mi piel está literalmente hervida; el proceso de recuperación ha sido largo, como armar un rompecabezas: pegando un hueso por aquí, reconstruyendo la mandíbula con alambre por acá... cerrando huecos donde no debe de haber y abriendo otros donde sí deberían existir.

Pero no me arrepiento de nada, y volvería a hacer mis investigaciones una y otra vez.

Llegué aquí luego de que me encontrara, flotando en medio del océano Pacífico, un bote pesquero. Estaban a punto de mandarme al depósito de basura cuando se dieron cuenta de que tenía vida; en mi delirio comencé a hablar en una mezcla de nueve idiomas, desde entonces nadie ha sabido a qué país pertenezco, no los culpo, en realidad no tengo nacionalidad. Como buen investigador mis orígenes son misteriosos y un poco confusos. Yo mismo desconozco el lugar exacto de mi nacimiento, lo único que sé es que nací en alguna isla del Pacífico Sur.

Pero vamos por partes. Me llamo Rudolph Green, mi padre fue el norteamericano Henry Green, famoso investigador de tribus caníbales de Indonesia, y mi madre fue Irina Königsberg, una simpática cocinera ruso-polaca. No fueron un matrimonio convencional, su luna de miel la celebraron con una expedición en la selva. En medio de su viaje descubrieron a unos aborígenes blancos, descendientes de unos exploradores holandeses, que desde 1649 vivían en los túneles subterráneos de Waitomo, Nueva Zelanda; también pasaron una temporada sobre los pueblos flotantes que rodeaban a la isla de Nauru; en las islas Molucas se tatuaron la espalda con dibujos de estrellas; y casi al final de su viaje nupcial (que duró cinco años) tuvo lugar mi nacimiento, en algún lugar comprendido entre Java y Samoa.

Mi padre, siempre interesado en darme formación científica, me enseñó a leer a los tres años con un atlas, me regaló su colección de insectos y me hizo todo un especialista en hongos. Mi madre, por su lado, me reveló los secretos de la cocina y me enseñó buena parte de los idiomas que hablaba.

Para fortalecer mi carácter y ampliar mis conocimientos, contrataron a dos nanas descendientes de la tribu de los mbotogotes provenientes de la isla de Malekula: Nubu y Obum eran mujeres pequeñas, de cabello rizado y plácida apariencia. Entre canciones de cuna y cuentos me relataron escalofriantes costumbres de su tribu, como las ceremonias funerarias en las que cortan la cabeza a los muertos para luego colocarle un cuerpo de madera. Además de sus antepasados, el máximo orgullo de mis nanas era tener collares hechos con colmillos de cerdo salvaje.

Tal vez por eso no tengo miedo de nada y aprendí a ver las cosas más extrañas como cuentos de cuna, lo que me ayudó a templarme el carácter y a sobrellevar las desgracias que se avecinaban. A los siete años quedé prácticamente huérfano. Mi padre desapareció después de internarse en las tupidas selvas de Borneo, iba en busca de los dayaks, famosos cazadores de cabezas, y no se le volvió a ver; seguramente se convirtió en el trofeo de algún cazador.

Mi madre, al enterarse de su desaparición, llena de deudas, se alistó como cocinera en un barco ballenero que partía a la Antártida; tampoco volví a saber de ella, parece que el barco se atascó en una tormenta de nieve y quedó atrapado dentro de un enorme trozo de hielo.

Con la desaparición de mis padres mi vida cambió drásticamente, el gobierno de Papúa-Nueva Guinea me envió a un pensionado para huérfanos: el *Orphanage St. George* era una casita típicamente inglesa en medio de un paisaje selvático. No fui bienvenido por los demás niños, mi aspecto rústico y mis maneras semisalvajes infundían temor.

Que yo recuerde no tuve amigos, cosa que no me importó, yo quería ser investigador, era lo único que realmente me interesaba. A la edad de ocho años, mientras los demás niños piensan en juegos, yo estaba ocupado estudiando todo sobre los coleópteros y botánica, y en la pubertad, cuando los demás iniciaron sus noviazgos, yo me dedicaba a aprender más idiomas ayudado por unos populares cursos de gramófono llamados *World On,* que venían acompañados de cuadernos de fonografía o pronunciación simulada. Pronto me hice experto en entomología, idiomas, formación de minerales, cría de gansos, además de cocinar unas excelentes anguilas rellenas de queso. A los quince años, con bastantes conocimientos (algo desordenados, lo confieso), entré a trabajar en la Universidad de Port Moresby. Entre otras cosas limpiaba los laboratorios de química, preparaba la sopa del comedor y hacía traducciones. Con el sueldo de los tres trabajos, tenía pensado comprar un bote de motor para cruzar el mar, o de perdida hacerme con un buen microscopio para estudiar tejidos celulares.

Físicamente, no era un chico especialmente interesante, era flaco, muy pequeño, algo encorvado, seguramente por el peso de tantas ideas que apenas me cabían en la cabeza. Deseaba cuanto antes hacer un descubrimiento o iniciar una aventura emocionante.

No tuve que esperar mucho, la aventura que transformó mi vida llegó a mí en menos tiempo de lo que pude imaginar.

Me encontraba trabajando como todas las tardes en el departamento de idiomas de la universidad cuando un empleado me avisó que tenía una llamada telefónica urgente.

—Parece que es de un famoso periódico —recalcó.

Dejé a un lado el manual que estaba traduciendo y contesté. Efectivamente, se trataba del editor en jefe del *Pacific Sun,* un conocido periódico de notas sensacionalistas. Al principio reaccionó con un poco de desconcierto cuando escuchó mi voz.

—¿Tú eres el mejor traductor de la universidad? —preguntó receloso.

—Sí...

—¿Qué edad tienes?

—Quince años, señor...

—Hum, muy joven, ¿y en verdad hablas varios idiomas?

—Once idiomas, cuatro dialectos y tres lenguas muertas —dije sin falsas modestias, pues mi trabajo me había costado aprenderlos.

Esto impresionó favorablemente al editor.

—¿Un chico listo, eh? Dime... ¿podrías traducir algo en símbolos, digamos jeroglíficos...?

—Puedo intentarlo, señor, conozco varios alfabetos, escritura cuneiforme, pictográfica, claro, tendría que estudiar algunos ideogramas o ver de qué clase de criptograma se trata.

—Creo que eres el indicado —dijo ya sin ninguna duda—. Será algo rápido y muy interesante, ya verás... ¿Qué te parece mañana a esta hora?

—De acuerdo.

Colgó. Sinceramente, yo no presté demasiada atención, tanto misterio me daba mala espina, además los periódicos sensacionalistas nunca son de fiar.

Al otro día el departamento de idiomas de la universidad se encontraba lleno de visitantes, fotógrafos, periodistas, cámaras de cine, y en medio de todo aquel barullo estaba un hombrecillo regordete, era el editor. Nos saludamos y entramos a mi cubículo. De inmediato sacó una caja pequeña.

—Ésta es la mayor noticia desde el descubrimiento de las ruinas de Troya.

—Todavía no las descubren, señor —le aclaré.

—Sí, claro, pero cuando las descubran, será como esto.

Abrió la caja cuidadosamente y, como si se tratara de un gran tesoro, sacó una latita oxidada, no mayor que la palma de su mano, la abrió y del interior extrajo una especie de rollo de papel café oscuro que puso cuidadosamente sobre la mesa como si fuera el testamento de Cleopatra.

En mi absoluta ignorancia miré por encima el papel sin poder imaginar qué cosa era aquello.

—¿No es impresionante? —preguntó el hombre, emocionado— ¡Y tú tienes la suerte de traducirlo!

—¿Pero qué es esto?

El hombrecillo me miró como si hubiera dicho una blasfemia.

—¿No has leído el periódico?

Con mucha pena tuve que decirle que nunca había leído su periódico; el editor no pudo ocultar cierta molestia.

—Deberías hacerlo —dijo en tono de regaño—, el mensaje de la lata lleva un mes en primera plana, es internacionalmente famoso.

¿Así que era un mensaje? Lo examiné con más calma... Efectivamente tenía las letras muy borrosas y el papel estaba lleno de manchas de aceite y mugre mineral. Para traducirlo tendría primero que lavar químicamente el papel.

—¿De dónde lo sacaron? —pregunté interesado más bien por los hongos que invadían el pergamino.

—Del mar, por supuesto.

Lo miré más confundido, respondió en tono confidencial:

—Lo encontraron en el "Mercado del Desperdicio".

En ese momento no lo sabía, pero me encontraba frente a una de las historias más curiosas de los últimos años. Si hubiera prestado un poco más de atención a los puestos de periódico, al radio o a las pláticas del comedor, me hubiera enterado de la historia del mensaje enlatado. Era verdaderamente curiosa, ocurrió más o menos así:

En el extremo norte de Nueva Guinea se encuentra un poblado costero llamado Hau, en ese tiempo no era un lugar importante (ahora tampoco lo es), ni siquiera aparecía en ciertos mapas. Hau era un conjunto de casas de carrizo unidas con lodo seco y techos de palma; lo único realmente peculiar de ese pueblucho era su mercado de fin de semana, el famoso "Mercado del Desperdicio" (catalogado después por el *National Geographic* como una de las nueve maravillas del mundo desconocido). Ahí se podían encontrar todos los alimentos imaginables, desde arenques ahumados hasta caviar ruso, champán, quesos (de doscientas variedades), mermelada de grosella, jamones y todo tipo de embutidos, sardinas, jugo de uva, leche condensada, mantequilla, dulces de azúcar... y además todo a precio de risa; un saco de arroz costaba lo mismo que un timbre postal.

Los alimentos eran baratos por una sencilla razón: se trataba de desperdicios provenientes de las cocinas de barcos, yates, cruceros y una que otra nave militar. Todas estas embarcaciones al hacer limpieza de sus alacenas tiraban al mar lo que no servía, lo que no gustaba a la tripulación o lo que ya estaba caduco (en aquel tiempo no se tomaba muy en serio la ecología).

Los "pescadores del desperdicio" salían por la madrugada para capturar el cardumen de botes de manteca, cajas de conservas y frascos de jalea que flotaban en medio del mar.

Como es de suponer, comprar en el "Mercado del Desperdicio" tenía sus riesgos: en cierta ocasión a un hombre le explotó un frasco de zarzamoras en almíbar (se trataba de una bomba de la primera guerra mundial que no tuvo demasiado éxito). También se comentaba el caso de la familia que encontró un dedo en una salchicha tipo vienés, o aquella historia en la que dos mujeres se quedaron sin dientes al tratar de comer un pastel petrificado (que seguramente era de los que sobraron al celebrar la desocupación británica en 1906).

Pero todos estos eran casos excepcionales; lo más común era que la comida estuviera ligeramente ácida o consumida por hongos. Pero, por esos precios, nadie podía protestar; aunque saliera algo verdaderamente incomible como una bomba, un dedo, un pastel petrificado o un mensaje secreto.

El mensaje apareció en una lata de puré de tomate, al menos eso parecía por el dibujo que tenía en la parte superior (aunque también podía ser una manzana). La lata no tenía ni nombre, ni país de origen o fecha de fabricación. Una pobre viuda compró la lata, junto con una bolsa de panecillos duros y un paquete de garbanzos; con eso bastaba para dar de comer a sus ocho hijos. La mujer era experta en calentar los panes a vapor para aflojarlos un poco, también sabía identificar los garbanzos agusanados, y estaba al tanto de las sorpresas que podía darle una lata; pero nunca se imaginó que al abrirla encontraría un pergamino.

13

El mensaje estaba envuelto cuidadosamente en una bolsa de papel encerado y flotaba en un caldo de gasolina. La viuda ni siquiera tuvo el ánimo de revisarlo, se dirigió furiosa al mercado, y aunque amenazó con denunciarlos no le regresaron su dinero (por política de la empresa, no había devoluciones). Finalmente, y sólo por lástima, le dieron una latita de garbanzos y el asunto quedó resuelto.

El caso del papel enlatado pasó a ser otro de los cuentos del mercado, no era tan dramático como una bomba o tan siniestro como unos dedos; pero a falta de alguna novedad cierta mañana llegaron a la casa de la mujer dos reporteros del *Pacific Sun*. En realidad sólo querían tomar unas fotografías al papel para la sección de curiosidades de la edición dominical. Eran dos jóvenes reporteros, un poco fastidiados de haber hecho el viaje sólo para una foto; sin embargo, al revisar el pergamino se dieron cuenta de que estaba cubierto por una letra pequeña y deslavada, el texto abarcaba una esquina y lo acompañaba una serie de indicaciones y dibujos. Los reporteros, emocionados con su descubrimiento, le compraron el papel a la viuda.

El reportaje se publicó al día siguiente con el título de *El manuscrito de la lata de tomate*, y tuvo una fabulosa recepción por parte de los lectores; de inmediato se hicieron decenas de hipótesis acerca del significado del mensaje. Había quien aseguraba que era el mapa de la Atlántida, otros opinaban que era la receta de algún hechizo demoníaco. Al mercado le favoreció estupendamente el reportaje, las latas de salsa de tomate subieron vertiginosamente de precio; los compradores se amontonaban para arrebatarse una latita con la esperanza de encontrar otro mensaje secreto. Pero nadie encontró nada más que puré de tomate; un hombre aseguró haber hallado en una lata dos broches para el cabello, pero al periódico no le interesó su testimonio.

A esta altura de la historia es cuando yo hago mi entrada. El editor, decidido a acabar con el enigma (o a engrandecerlo más), habló a la universidad para contratar a su mejor traductor (o sea yo), y de esta manera retomo mi punto de partida, cuando el editor me visitó para entregarme su tesoro.

—¿Cuánto crees que tardes en traducirlo?

—No lo sé... tengo que limpiarlo primero... luego todo depende del tipo de mensaje, puede llevarme hasta una semana.

—De acuerdo, de todos modos voy a dejar gente del periódico en la universidad para que siga el proceso, si descubres algo me mandas avisar de inmediato.

—Sí, señor.

Luego de entregarme la vieja lata, me dio un fuerte abrazo.

—Tú eres mi esperanza —suspiró visiblemente emocionado— seremos famosos, la historia nos espera, nuestros nombres se repetirán a lo largo de las generaciones.

Se despidió con los ojos húmedos; pero no me quedé solo, efectivamente había dejado a sus reporteros guardianes, a un fotógrafo que no dejaba de sacarme fotos hasta que le pedí que se saliera porque me empezaba a doler la cabeza con los flashes, además había algunos profesores y estudiantes. Mi cubículo era en ese momento la máxima atracción de toda la universidad.

Limpiar el pergamino con benzal, milímetro por milímetro, fue una tarea lenta y minuciosa, luego de cinco horas algunos reporteros y visitantes se aburrieron y decidieron salir al pasillo para fumar o comer algún bocadillo.

Tardé aproximadamente otras cuatro horas en desinfectar el pergamino. Durante el proceso, el mensaje se fue aclarando poco a poco: aparecieron más letras en el extremo derecho y el mapa se definió perfectamente.

Ya tenía preparados en mi escritorio los diccionarios de símbolos, jeroglíficos y lenguas perdidas. Pero en realidad no los necesité porque al terminar la limpieza pude hacer de inmediato la traducción a simple vista; el mensaje consistía en una temblorosa letra manuscrita que decía en italiano:

> *Le consiglio di visitare la biblioteca romana di questa via*
> *e chiedere...*

O sea:

> *Le recomiendo visitar la biblioteca romana de esta calle*
> *y pedir...*

Eso era todo.

Quien se quedó verdaderamente pasmado fue el editor cuando llegó con retraso, dos horas más tarde, pues había estado cenando con un grupo de productores japoneses para venderles la idea de hacer una película.

—¿Estás seguro de que eso dice?

—Segurísimo, no son símbolos, es mala letra, puede usted leerla.

Se acercó al papel recién lavado, había hecho una amplificación fotográfica del mensaje y de cada una de las letras, el editor las revisó detenidamente, no había engaño. Pude ver la desilusión en su rechoncha cara; de pronto la esperanza de inmortalidad se desvanecía ante sus ojos.

—Bueno, de todos modos es extraordinario —dijo el hombre, intentando darse ánimos como buen periodista—, una hermosa campaña para la lectura, original, insólita… aunque hubiera deseado, ya sabes, otra cosa, más espectacular… en fin, no siempre se gana.

Me dio una pequeña suma como pago de mis servicios, aunque me pareció excesiva, puesto que yo no había hecho un gran esfuerzo.

Cuando se fue toda la comitiva, el departamento de idiomas de la universidad volvió a estar tan vacío como de costumbre.

Esa misma semana se publicó el último reportaje del mensaje enlatado; describía con muchas licencias poéticas el proceso de limpieza (asegurando que el papel tenía hongos milenarios); había una foto de mi persona en la cual se leía: "Rudolph Green, joven traductor, genio que habla y escribe en cien idiomas."

Pero ni siquiera las exageraciones pudieron detener la desilusión de los lectores ante la ineludible verdad: ¡Tanto alboroto por una propaganda turística para visitar las bibliotecas de Italia! ¡Qué estafa! El efecto no se hizo esperar, la gente dejó de comprar latas de tomate y éstas bajaron a su precio normal, el periódico se desentendió de la historia del mensaje y para la semana siguiente la portada estaba dedicada a una epidemia de canguros con rabia.

Pero aquí viene lo que dio inicio a mi aventura, un pequeño detalle que yo mismo había pasado por alto. Durante el lavado del pergamino descubrí en un margen inferior del papel una serie de números: 1933.56.6. En un principio pensé que se trataba de una fecha pero unos días después, mientras ordenaba mi oficina, me topé con una ampliación fotográfica de dicho margen, y descubrí que previa a la cifra había una agrupación deslavada de las letras: TN.OV. Leí de nuevo el mensaje, ahora completo:

Le recomiendo visitar la biblioteca romana de esta calle y pedir... TN.OV.1933.56.6.

Evidentemente, se refería a la colocación de un libro. La clave alfanumérica *TN.OV.1933.56.6* tenía la misma agrupación que se maneja en todas las bibliotecas, en letra la abreviatura de la materia y la subdivisión y, en números, la clave del lote, la colección y el volumen.

La cabeza se me llenó de interrogantes: ¿quién iba a tomarse la molestia de enlatar un papel aconsejando consultar un libro en Roma? ¿Y por qué? Si era un libro, ¿de qué clase de libro se trataba? ¿Acaso era el mensaje secreto de un náufrago? ¿Un libro oculto? ¿Algún documento perdido? Tal vez era la colocación de papiros milenarios que estaban perdidos en la Biblioteca Vaticana y que ahora aclararían algún episodio importante del Viejo Testamento.

Llamé de inmediato al editor para comunicarle mi hallazgo, había que ir a Roma a buscar ese libro y desentrañar las interrogantes.

El editor no se notó muy entusiasmado:

—Ésa es historia pasada, muchacho... La gente ya no quiere saber nada de esa lata.

—Pero esto es importante, usted podría volver a publicar otra nota...

—Imposible, estoy haciendo un reportaje sobre peleas de box entre canguros rabiosos y el espacio está saturado, además no me puedo arriesgar a gastar en noticias viejas, ya bastante ridículo hice con ese asunto; lo siento, chico, si tú puedes y quieres realiza la investigación... Y no se te olvide hablarme si encuentras algo interesante.

Me colgó, yo quedé bastante alterado. Intenté tranquilizarme tomando una buena taza de chocolate con menta (siempre relaja los nervios) y di vueltas en mi cubículo para poner en orden mis pensamientos.

En principio, tenía que reconocer que mis ideas sobre la importancia del mensaje enlatado y su vinculación con el descubrimiento de algo tan trascendente como un papiro milenario o el testamento de Cleopatra eran finalmente eso, puras suposiciones; pues cabía la posibilidad de que la clave alfanumérica significara otra cosa, como el precio de un diccionario escolar, el teléfono de la bibliotecaria, o una broma de un obrero enlatador de puré de tomate, y en ese caso debería de tirar todas las fotografías y olvidarme del asunto para siempre... Y claro, seguir con mi vida cotidiana en el fascinante mundo de las aulas universitarias, limpiando matraces, cocinando sopa de batata y haciendo traducciones de folletos.

Debo confesar que ese futuro no me resultaba demasiado atractivo, aunque era lo único que tenía seguro en el mundo.

¿Qué hacer? ¿Debía abandonar todo por una corazonada? ¿Acaso no es lo que hacían los grandes descubridores? Si quería ser investigador, tenía que comenzar con lo que fuera, un buen expedicionario no se anda con remilgos, ni desprecia ninguna pista por incolora que ésta sea. Pasteur llegó a ser un brillante científico porque no tuvo prejuicios para estudiar la leche agria, y nadie imaginó que de este modo descubriría el fascinante mundo de la cerveza de barril.

Estuve meditando bastante tiempo, y a las dos de la mañana y después de cuatro galones de chocolate con menta, me decidí: haría el viaje sin importar que mis teorías fueran ciertas o no; de todos modos sería más divertido que limpiar pisos y traducir manuales de funcionamiento de cafeteras chinas.

Y realmente fue la mejor decisión, porque de no hacer el viaje me hubiera perdido la aventura más emocionante de mi vida.

2 *Viaje a Roma*

MI decisión de viajar provocó una serie de pequeñas tragedias. Para empezar, el rector de la universidad sufrió un microinfarto cuando le dije que renunciaba temporalmente para ir a buscar la colocación de un libro al otro extremo del mundo. Me miró con infinita resignación y murmuró: "Siempre lo sospeché, heredaste la locura de tus padres."

Sólo tuve que enfrentar una minucia, en realidad yo era menor de edad, y aunque era un profesionista autosuficiente, todavía estaba bajo la tutela de la oficina de Huérfanos del Gobierno. Legalmente no tenía derechos civiles, como votar, hacer contratos o salir del país cuando se me diera la gana.

Aquello era bastante irritante; se sabe por ejemplo que Perseo salió a los diecisiete años para iniciar grandes aventuras, entre las que mató a Medusa. ¿Acaso le pidieron carnet de identidad? Iván el Terrible fue nombrado Zar de las Rusias a los dieciséis años y nadie rechistó, ni lo mandó a dormir a las ocho de la noche por ser "demasiado chico".

Hice lo que cualquier investigador desesperado hubiera hecho en mi lugar: falsificar documentos. Fue fácil, aunque oficialmente tenía quince años siete meses, no había papeles que lo comprobaran. Ayudado por la imprenta universitaria me hice con un acta de nacimiento de las Islas Salomón, y a los tres días tenía un flamante pasaporte en el que se leía Edad: 19 años.

Para hacer menos notorio el engaño me dejé el bigote (una insípida pelusilla roja) y desde ese momento me puse unas botas que elevaron mi estatura siete centímetros, parecía espantapájaros, pero lo importante es que diera la apariencia de un espantapájaros mayor de edad.

Lo realmente complicado fue conseguir dinero para el viaje a Roma; vendí casi todo, hasta los aretes de mi madre (elaborados con cabezas jíbaras), la colección de escarabajos de mi padre, mis tres enciclopedias, el viejo telescopio; saqué del banco todos mis ahorros, empeñé mi radio de onda corta y pedí un adelanto en la universidad.

Finalmente, y luego de vender mis últimas pertenencias, conseguí un paquete económico para Europa. Partí un jueves por la mañana, el vuelo fue fatigoso, en un viejo avión bombardero acondicionado como línea comercial. El viaje duró sesenta horas con escalas en Tokio, Hong Kong, Delhi, Kabul, Bagdag, Atenas, Zurich, hasta llegar al aeropuerto Ciampino en Roma.

Me hospedé en un modesto albergue de estudiantes en el Trastevere; la portera, una mujer bizca que masticaba tabaco, me dio la peor habitación, no parecía estar impermeabilizada, las constantes lluvias del pasado invierno habían terminado por convertir el tapiz de la pared en una materia mohosa.

Para colmo, mi baño no era particular, tenía que compartirlo con un amaestrador de perros chihuahueños y tres estudiantes húngaros que habitaban en cuartos vecinos, entraban a todas horas sin molestarse por ver si dormía o me estaba vistiendo. Pero esas incomodidades no me estorbaron, tenía que descansar para iniciar mi fabulosa investigación.

Roma es una ciudad hermosa, sobre todo si se tiene dinero y yo no lo tenía, por lo que no pude disfrutar de la relajada vida de turista, como hacer compras en via Veneto, cenar alcachofas rellenas en alguna pintoresca *trattoria,* o tomarme un helado en las escalinatas de la piazza Spagna.

El primer día me dediqué simplemente a observar, y ése, de todos modos, es un buen espectáculo en una ciudad como Roma, pues todas sus calles son museos atascados de historia: las iglesias medievales comparten terreno con templos romanos, los palacios barrocos usan como cimientos piedras africanas, y los murales renacentistas y publicitarios se mezclan con desacato en las paredes.

Consciente de que para conocer Roma no bastaba una vida, preferí dejar de lado mis ánimos turísticos y al tercer día me concentré en revisar las guías de la ciudad para buscar los trazos del mapa enlatado. Fue una tarea difícil, pues las calles de Roma son bastante complicadas, un verdadero laberinto de vueltas, callejones, cerradas y recodos.

No encontré en las guías ninguna convergencia parecida a mi mapa, todo era tan confuso que decidí recorrer ciertas zonas a pie para ubicarme un poco; por supuesto que esta táctica no sirvió de nada pues cada vez me enredaba más. Dos veces me perdí explorando la colina del Palatino; otro día, por equivocación, fui a caer en el pasaje Criptoporticus, un extraño túnel subterráneo de tiempos de Nerón donde me encontré con unos maleantes que me quitaron el pedazo de queso que constituía mi único alimento del día. En otra ocasión estuve toda una mañana vagando sin encontrar la salida de las calles traseras del castillo de Sant'Angelo y una tarde, sin saber cómo, terminé dando vueltas al obelisco egipcio de la piazza del Popolo, hasta que un grupo de peregrinos que iban a San Pedro me dijeron cómo regresar a mi pensión.

Al séptimo día de búsqueda, ya tenía los pies ampollados y mi piel estaba completamente tostada por el salvaje sol romano. En ese momento llegué a pensar que había sido una auténtica locura hacer el viaje, un arrebato causado por mis famosas ansias de vivir aventuras. ¿Y si no existía la calle, ni el libro, ni la biblioteca? ¿Y si todo era una fantasía, una confusión de mi alocada mente?

Intenté alejar esos pensamientos negativos y, para que no decayera mi ánimo, me encerré en mi miserable cuartito y con los pies metidos en cubos con agua salada, me puse a leer un buen libro: *Vida y suplicio de Guglielmo Marconi,* estos libros biográficos siempre me levantan la moral.

Después de repasar el capítulo en el que el joven Marconi es despreciado por el tamaño de sus orejas y en lugar de deprimirse inventa la telefonía sin hilos, mi ánimo mejoró considerablemente. Marconi es un ejemplo de tesón, paciencia y genialidad, y como si se tratara de una revelación dictada por su empeño, me llegó a la mente una solución para mi propio problema... Tal vez el mapa enlatado era la representación de la ciudad como estaba *antes* de la guerra. Era posible; con los bombardeos, algunas calles se hicieron más cortas, otras más largas, incluso unas partes cambiaron de nombre. Ésa debía ser la solución. ¿Cómo no lo había pensado antes? Para probar mi hipótesis era necesario conseguir un mapa antiguo.

La portera de la casa de estudiantes, que entre otras cosas hacía vino casero y era guía de turistas, me recomendó el mercado de la piazza Fontanella Borghese, un lugar ideal en papeles y rarezas.

El mercado de Fontanella Borghese tenía un ligero parecido con el de Hau, salvo por los precios, que no eran tan pequeños. Había de todo, desde muebles y caballos de porcelana tamaño natural, hasta medallas oxidadas y miles de reproducciones de yeso del David y del Coliseo.

Después de un par de horas de búsqueda encontré un viejo mapa de Roma, de la época de la guerra italo-turca, y por su estado parecía haber sobrevivido a varias batallas: las orillas estaban quemadas y el centro tenía manchas de una sustancia negruzca cuyo origen preferí no averiguar.

Estaba tan ansioso que me senté en una banca para estudiar allí mismo el mapa. Sabía de memoria el trazo que estaba buscando: tres callejones en escuadra, y al centro una pequeña glorieta (que podía tener o una fuente o un pozo de agua). En el pergamino enlatado las calles no tenían nombre, y un círculo punteado señalaba el domicilio correcto.

Estuve un buen rato concentrado en el mapa, lo analicé palmo a palmo, hasta que me dolieron los ojos de ver tantas rayas, cuadros, coordenadas y latitudes.

Y de pronto descubrí el trazo que tanto estaba buscando, fue como si se unieran las piezas del rompecabezas; allí, en el mapa antiguo, estaban marcados los callejones en escuadra y la glorieta. El sitio aparecía a un costado de la via del Teatro Marcello, no había duda, coincidencia perfecta.

Salté, brinqué, sollocé de felicidad, ¡no estaba loco, el viaje no había sido en balde! Me preparé inmediatamente para ir en ese preciso momento y poner fin a todo el misterio. Ya sin dudas ni desviaciones, llegué en media hora al lugar, estaba cerca del viejo gueto judío y a un costado de los terrenos baldíos donde alguna vez estuvieron las famosas termas de Caracalla.

De los callejones en escuadra no quedaba gran cosa, las guerras y el tiempo se habían encargado de borrar una buena parte del trazo original. Intenté reconstruir mentalmente los viejos caminos y guiándome por mi sentido de orientación fui al lugar que estaba señalado en el mapa. Encontré un jardín pequeño con bancas de piedra y enormes rosales, al fondo había un vetusto edificio de tres plantas, con un portón grande y abierto, arriba un letrero decía: *Libreria La Salamandra*, ¡una librería!, un buen indicio.

El local lo conformaba un estrecho galerón húmedo, había miles de libros, todos usados; algunos se apilaban en mesas distribuidas al azar, otros simplemente formaban pirámides en el suelo. Había de todos los temas imaginables: novelas rosas, libros de texto, historias de espionaje, compendios de chistes, memorias bélicas, recetarios de cocina, diccionarios.

No había clientes, y el vendedor, un hombre gordo y viejo, con aspecto de morsa, ni siquiera se percató de mi entrada, estaba profundamente dormido detrás del mostrador.

Eran tantos los títulos que no sabía por dónde comenzar la búsqueda, además ninguno tenía clave o contraseña. En mi recorrido descubrí una puerta al fondo del local, supuse que llevaba a otro galerón, usualmente esas tiendas tienen varios cuartos interconectados entre sí. Decidí investigar. Pero del otro lado de la puerta no había otro cuarto con libros desperdigados, lo que vi fue la más grande y hermosa biblioteca que jamás pensé conocer en la vida.

Todo el interior estaba construido con cedro amazónico, tenía la estructura de un árbol, formando un compacto pero armonioso laberinto: el pasillo central, el más ancho, conducía mediante escaleras a otros niveles superiores y éstos a su vez se ramificaban en unos más pequeños; cada nivel tenía mesas de estudio y pesados libreros. Para mi sorpresa había claves por todos lados: *SG* (Scienza Generale), *S* (Storia), *ED* (Enciclopedie e Dizionarii), *M* (Matematiche). Era impresionante, estaba emocionado hasta las lágrimas, y no me sentí mal por ello, pues sé que el llanto no significa flaqueza de carácter; un buen investigador siempre sufre una conmoción profunda al contemplar estudios y libros con las voces sabias del pasado.

Era una lástima que en todo el lugar no hubiera ni un alma, las mesas y pasillos estaba sumergidos en un grave silencio. Miré hacia los estantes; allí en algún sitio estaba el libro que me había hecho viajar más de diez mil kilómetros.

Como no vi índice general ni fichero, decidí investigar por mi cuenta. Gracias a la arquitectura de la biblioteca, la búsqueda fue relativamente fácil, ya que una sección conducía a otra. Así, de Ciencia General, pasé a Ciencias Naturales y de ahí a Geografía, finalmente llegué al nivel de Estudios de la Tierra y ahí encontré la clave del pergamino: *TN* (Tesi Neogeografiche), *OV* (Ovologia), *133* (librero), *56* (columna), *6* (libro).

El *TN.OV.1933.56.6* era un volumen de empastado antiguo en laca negra y lomo recosido, cubierto por una finísima capa de polvo. El libro se titulaba: *Historia general de la ovología terrestre,* y estaba escrito en español por Atanasio Pereda y Garfias, maestro emérito de ovología. El libro no tenía editorial, ni número de depósito, lo que significaba que era un libro que jamás se vendió en librerías.

Me latía el corazón con violencia y mis manos estaban pegosteosas de sudor. Me senté en una mesa cercana y encendí una lamparilla.

La primera página empezaba de manera extraordinaria:

> Desde hace unos siglos, se ha dicho que la Tierra es una esfera que gira alrededor del Sol en un sistema planetario. Nada más falso, la Tierra no es un planeta, es un huevo...

Continué leyendo, atónito:

> Los primeros en intuir la verdadera naturaleza de la Tierra fueron los egipcios, quienes describieron a la Tierra como un huevo fecundado en el útero del Universo. Lo mismo pensaban los gnósticos místicos cristianos de los siglos I y II, quienes identificaron al Sol como el dios estelar de la incubación.
>
> Uno de los grandes fundadores de la ovología terrestre fue una mujer, Hipergastria (263-181 a.C.), obesa erudita procedente de la isla de Capri, quien después de estudiar las vibraciones volcánicas del fondo de la Tierra llegó a la conclusión de que había "algo" que vivía bajo nuestros pies. Como nadie escuchó sus teorías, decidió visitar al más grande geógrafo antiguo: Eratóstenes (276-195 a.C.), empleado de la mítica Biblioteca de Alejandría. Junto con él, Hipergastria desarrolló importantes descubrimientos del interior de la Tierra e hizo algunos dibujos de la criatura subterránea, que, según sus hipótesis, semejaba una especie de caballo de mar pero con cara de merluza. Desgraciadamente todo su legado desapareció en el funesto incendio de la biblioteca.
>
> La ovología, como buena parte de las ciencias, quedó en el olvido durante los mil años de la Edad Media hasta que Paracelso (1493-1541) vuelve a mencionar la ovología terrestre en una cena (aunque algunos estudiosos dicen que se refería a otra cosa cuando dice: "¡Qué espléndido huevo!").
>
> La ovología moderna nace en 1543, con la publicación del libro *Ovo Terra* del monje capuchino Armand Lünder.

En él, menciona que todo el sistema solar es en realidad una gigantesca empolladora, el Sol se encuentra fijo y el resto de los planetas (o huevos) giran a su alrededor para completar su proceso de incubación o cocinado. Desafortunadamente no se prestó la atención necesaria a este extraordinario descubrimiento, porque ese mismo año la publicación de Copérnico, *La revolución de los orbes celestes*, acaparaba todas las polémicas religiosas y científicas de la época.

En los archivos secretos del Vaticano pueden encontrarse algunos valiosísimos documentos acerca de la ovología en los que están implicadas algunas personalidades como el mismo Galileo Galilei. En el célebre códice 1181 expedido en el año de 1633 contra Galileo, se pide sean prohibidas las siguientes proposiciones: 1.- Que el Sol es inamovible del centro del cielo. 2.- Que la Tierra no es el centro del Universo, y que hace dos movimientos. 3.- Que la Tierra puede ser un huevo relleno de nutrimentos minerales o requesón.

El inglés Thomas Burnet (1635-1715) fue uno de los más aguerridos atacantes de la ovología. En su libro *Sacred Theory of the Earth* califica de embustera a la teoría del huevo mundano, y propone a su vez que la Tierra está rellena de fuegos y llamaradas que terminarán por devorarlo todo. Esta nueva concepción dio por resultado una escuela geográfica llamada pirología, la cual no duró mucho luego de que se incendiara su centro de reunión en Liverpool.

Pero la ciencia ovológica tendría difusión mundial hasta 1806, cuando un grupo de visionarios alemanes, los tres hermanos Würsig, sorprendieron a la comunidad científica de Munich cuando publicaron *Ovología, revolución cósmica*. En esta obra hicieron un detallado análisis del interior de la Tierra que mostraba asombrosas coincidencias con la estructura de un huevo. Y comprobaron que, en efecto, como aseguró el monje Lünder, el sistema solar funciona exactamente como lo hacen las incubadoras: los planetas giran continuamente en dos direcciones (traslación y rotación) para obtener así un perfecto calentamiento dentro del horno cósmico. La Luna trabaja como el motor principal para que el movimiento terrestre sea el adecuado, ya que funciona como motor electromagnético sobre la Tierra, con sus respectivas fuerzas de atracción y repulsión.

De esta manera se llega a la conclusión de que el ser humano no es ni el centro, ni siquiera una orillita del Universo; se trata solamente (junto con el resto de los animales) de una especie de bacteria que vive adherida en el cascarón, produciendo infecciones en la capa protectora y en la atmósfera.

Con semejantes aseveraciones, los hermanos Würsig sufrieron el rechazo y desprestigio de todas las escuelas de geología del mundo. La Inquisición, que todavía existía en ciertas áreas de Europa, atrapó a Armand, el hermano mayor, que sufrió el suplicio de las cosquillas (ya no se practicaba el potro desmembrador).

A pesar de que nunca obtuvieron aprobación, las teorías de los hermanos Würsig se esparcieron por todos los continentes, gracias al importante desarrollo de la imprenta, los periódicos y los folletos comerciales; de esta manera, en 1834 se fundó el primer Instituto de ovología, en Lisboa, a cargo de Juliano Figuier y Corcuera, profesor de bachilleres, el cual, después de sesudas investigaciones, llegó a la conclusión de que el ser que vivía en el interior de la Tierra era una criatura del orden de los urodelos y de las familias hinóbidos o critobránquidos y de que su aspecto podría ser parecido al de las salamandras, compartiendo con éstas la cualidad de ser inmune al fuego y al calor extremo. El doctor Figuier calculó, según mediciones sísmicas, que la criatura ovológica estaba llegando a su máximo desarrollo (con 4 600 millones de años de incubación, tiempo más que suficiente), y estaba casi lista para emerger: "Después de terribles terremotos que destruirán ciudades y los mares se hundirán en abismos..."

Sus conclusiones fueron confirmadas por una monja cartuja: Sophia Mendelson, experta cocinera de licor de yema e investigadora consumada. Descubrió que absolutamente todo lo que hay en el Universo proviene del huevo, incluso el ser humano se forma a partir de un huevecillo llamado cigoto; las plantas surgen de semillas que son en realidad huevos; los insectos y todo lo que vemos a nuestro alrededor tienen su origen en el huevo y por lo tanto dependen del calor (el Sol) para su incubación; con esto se llega a la conclusión de que no sería nada raro que la Tierra también fuese un huevo (tiene la estructura exacta), en proceso de incubación próximo a concluir.

Sophia Mendelson llegó a la dolorosa conclusión de que era necesario aniquilar a la bestia inmediatamente, no con ánimos homicidas, pues realmente es una criatura inocente, ella cumple con su incubación, sin imaginar que sobre su cascarón han surgido y desaparecido millones de especies animales, incluyendo importantes civilizaciones humanas.

Sophia se asoció con el personal de tres conventos católicos de Viena, y después de unos meses, la orden del Divino Verbo dictó una posible solución: se debería construir un poderoso magneto capaz de mover la órbita de la Tierra y alejarla unos cientos de miles de millones de kilómetros del Sol, con el fin de reducir el calor en su superficie, y por lo tanto retardar la incubación de la bestia.

En principio la propuesta era interesante; pero por otro lado, cabía la duda de que la falta de calor afectase negativamente a todos los organismos vivientes del huevo, incluido el humano que de seguro se la pasaría mal en los helados climas de la órbita de Neptuno.

De todos modos no consiguieron financiamiento para construir el magneto, y Sophia Mendelson fue excomulgada por descuidar sus tareas normales de monja licorera.

La ovología actualmente es un problema inocultable: el planeta Tierra es el único en todo el sistema solar con actividad telúrica, por lo que se deduce que es el único huevo que contiene vida; todos los demás planetas son cascarones vacíos e inertes, existe un franja de asteroides entre Marte y Júpiter que puede ser los restos de un huevo no fecundado o de un cascarón roto...

No pude seguir leyendo, porque en ese momento unas manos me arrebataron el libro.

Se trataba del viejo gordo del mostrador, al que todavía se le notaba el sueño pegado a los ojos.

—Disculpe, ésta es una sección restringida y no hay préstamo interno de libros —tomó el libro para colocarlo de nuevo en su estante—. En la tienda tenemos muchos libros que puede comprar —agregó con forzada amabilidad.

—Pero yo quiero este libro —repuse enojado.

Una nube de molestia cruzó la cara del viejo:

—En la tienda vendemos una hermosa colección de libros de biología, ciencias de la Tierra, volcanes, ¿le gustan los volcanes? Hay un libro muy bello acerca del Vesubio, puede venir con sus padres para que se lo compren.

Me estaba comenzando a impacientar así que insistí:

—No tengo padres y no quiero ningún libro de volcanes, el libro que estoy buscando es precisamente éste.

El viejecillo me miró francamente irritado.

—Ésta es un área cerrada, no sé cómo logró entrar, pero está prohibido, nadie puede consultar ningún volumen a menos que se tenga la clave y una autorización para estar aquí.

—Yo tengo la clave.

El viejo me miró estupefacto.

—¿Qué dice?

—Que tengo la clave —saqué la copia fotográfica del pergamino y se la mostré.

El viejo miró el papel, su cara palideció y me miró como si yo fuera un fantasma.

—¿Puede venir conmigo, por favor?

La disposición del viejo había cambiado notablemente, ahora se comportaba con tiento e incluso temeroso.

Bajamos hasta el pasillo central, el viejo entró por una angosta puerta semioculta detrás de unos estantes.

—Espéreme —dijo antes de entrar—. No se vaya a ir, por favor.

Por más que intenté aguzar el oído, no escuché nada, sólo los estantes de madera a mis espaldas, crujiendo a intervalos.

Estaba bastante impactado por lo que acababa de leer, era el libro más extraño que había visto en mi vida, ¿era cierto todo lo que decía? Si lo era, la concepción de la existencia del hombre y de las criaturas que pueblan la Tierra cambiaría radicalmente.

Mis pensamientos se vieron interrumpidos cuando apareció de nuevo el viejo para invitarme a pasar por la puerta. Al parecer había llegado el momento de despejar todas las dudas.

3   *Los anticientíficos*

AL cruzar la puerta caminé por un estrechísimo pasillo húmedo, recubierto de hongos y babosas de jardín. Usualmente no siento miedo bajo ninguna circunstancia, pero en esa ocasión me reproché por mi actitud confiada y obediente, ojalá el viejo no fuera ningún psicópata.

Después de caminar unos diez metros, llegamos a un pequeño salón de muros de piedra, no vi ventanas y como único mobiliario había una mesa grande de madera rústica.

Por un momento imaginé que estaba en un pabellón del museo de cera, o frente a un escenario de teatro horrífico, y si los espectros existen, su aspecto no debía ser muy diferente al de aquellos personajes.

Sentados a la mesa se encontraban tres ancianos, enmarcados por la débil luz de las lámparas de querosene; parecían transparentes y estaban cubiertos de polvo, los trajes que vestían habían sido descontinuados desde la primera guerra. Dos de los ancianos eran idénticos y hasta dudé de que aquello no fuera un artificio de espejos; ambos tenían por cabello una especie de moho blanco y larga barba amarillenta de chivo, anudada en finas trencillas. En medio de los dos estaba sentado otro personaje, parecía ser el más viejo de la camada, tenía la piel adherida a los huesos, sin músculos de por medio; parecía tan frágil que imaginé que con una corriente de aire podría levantar el vuelo, y aunque vestido con una desastrosa levita, emanaba cierto aire de sabiduría y magnificencia. Fue el primero que habló con una voz débil, pero bien modulada:

—Nos han informado que usted tiene la clave de cierto libro... ¿es cierto eso?

—Así es...

—¿Nos podría enseñar el papel?

Saqué la copia del pergamino y se las mostré, todos los viejos la examinaron con detenimiento, murmurando entre sí.

—¿Dónde encontró esto? —preguntó uno de los gemelos.

—En una lata...

Esta revelación sorprendió más a los viejos, que comenzaron a hacerme preguntas todos a la vez; el viejo de la levita (que definitivamente parecía ser el jefe) los hizo guardar silencio con una significativa mirada. Luego me interrogó:

—¿Y nos podría decir en dónde encontró la lata?

—Un periódico me la dio para que tradujera el mensaje.

—¿Un periódico? Podría ser más explícito...

En realidad yo no pensaba ocultar nada, y era claro que esos viejecillos parecían más confundidos y ansiosos que yo mismo, así que les hice un resumen de la historia del mensaje enlatado, desde su captura en el mercado de Hau hasta la forma en que había caído en mis manos y mi consiguiente (y repentina) decisión de ir a Roma a investigar.

—Hiciste bien, muchacho... hiciste bien —dijo el jefe con voz temblorosa al terminar de oír mi relato.

—No creí que siguiera vivo —murmuró el otro gemelo, que se distinguía por su voz apagada, polvosa.

—Esperemos a que Graziella sepa esto —suspiró el gordo del mostrador, con lagrimones en los ojos.

Todos miraban hipnotizados el pergamino como si su presencia pudiera contarles viejas y queridas historias.

—Me gustaría saber qué está pasando —dije impaciente, pues era claro que todos habían obtenido una respuesta menos yo.

—Es muy sencillo —dijo el gordo, enjugándose la nariz con un mugroso pañuelo—, éste es el mayor descubrimiento del siglo, qué digo del siglo, del milenio, de todos los tiempos, eso quiere decir que nuestros estudios son dignos de atención, habrá que publicarlo en los periódicos.

—No podemos publicar nada todavía —advirtió el jefe—, necesitamos tener pruebas.

—Cierto, *los otros* podrían impedirlo, además, lo más importante es que tenemos que ir por el doctor Cavalli —dijo el primer gemelo.

—Debemos ser cautelosos, *los otros* son capaces de todo —advirtió finalmente el jefe.

—¿Quiénes son *los otros*? —pregunté cada vez más enredado.

Los viejos me miraron en silencio, e improvisaron un pequeño coloquio entre ellos, hablando en susurros.

—Creo que deberíamos contarle todo.

—¿Tú crees?

—Es de confianza, hizo el viaje hasta acá, ha leído parte del libro del maestro Pereda y Garfias, es justo que sepa quiénes somos.

—No lo sé... podría tratarse de algún espía.

—Es imposible, conocía la clave de acceso, eso es infalsificable.

Siguieron discutiendo unos minutos más, mientras me lanzaban torvas miradas cargadas de duda; finalmente el jefe pareció acceder porque repuso muy serio:

—Iremos al salón de estudios, allá conocerá mejor nuestra condición.

¿Condición? ¿Y eso qué quería decir? ¿Acaso me iban a enseñar los ataúdes donde dormían o qué? De nuevo sentí esa horrible sensación de incomodidad cuando las dudas se me amontonan entre los pliegues del cerebro.

Uno de los gemelos metió las manos en los bloques de piedra de los muros, y como si se tratara de una gaveta movió la pared hacia arriba, me di cuenta de que era en realidad otro pasadizo, disfrazado con cartón, de manera que diera la apariencia de roca sólida.

—Eso lo copiamos de una película... —sonrió el gordo, orgulloso.

El otro gemelo empujó el sillón con ruedecillas donde estaba sentado el jefe.

Detrás de la falsa pared había un pequeño pasillo con tres puertas, nos dirigimos a la más grande. El primer gemelo se encargó de descorrer los cerrojos y encender lámparas de gas. Fui el último en entrar a la habitación y lo que vi fue realmente prodigioso.

Parecía el interior de un carromato de feria, por la cantidad, rareza y variedad de los objetos que allí se encontraban; repartidos en mesas, libreros y estantes había una colección de ranas venenosas disecadas; máscaras rituales de Tailandia; un globo terráqueo de descomunales dimensiones; lombrices secas puestas en bastidor como mariposas; un tótem indígena originario de Alaska; un pequeño herbario de plantas medicinales con romero, ortigas, eucalipto, caléndula y retama; de huesos que por su tamaño y aspecto sólo podían proceder de algún animal prehistórico; un atril con un libro que llevaba el enigmático título de *Historia de las pulgas, usos prácticos y curativos*. Había en las paredes grandes carteles con láminas explicativas de la formación de placas tectónicas, del ciclo de reproducción de las jirafas pigmeas y, destacando sobre los demás, una manta tejida en hilo de oro donde se ilustraba una salamandra enroscada sobre sí misma en el interior de un huevo.

Los cuatro viejos me miraban sonriendo, divertidos por mi cara anonadada y mi confusión.

El jefe se me acercó al oído y con acento triunfal me confesó:

—Somos los anticientíficos.

—¿Los qué?

El viejecillo sonrió y se levantó trabajosamente hasta llegar a un mueble cubierto por una sábana.

—Formamos una asociación de ciencias alternas —explicó mientras descorría la sábana para enseñarme una pesada vitrina repleta de objetos propios de un museo—. Nosotros no creemos que la ciencia se reduzca a la biología, química, física u otras áreas tradicionales; por el contrario, afirmamos que existen disciplinas tan interesantes como la antiquímica, la premedicina o la teoría de la arcabotánica.

Miré a los gemelos y al gordo; aunque parecían divertidos por mi desconcierto, ninguno dio muestras de que se tratara de una broma.

—Le voy a poner un ejemplo de nuestros descubrimientos —dijo el jefe, sonriendo comprensivamente.

Se puso a buscar entre los estantes y extrajo de la vitrina una caja de madera, la abrió con sumo cuidado y en su interior pude observar una cabeza humanoide perfectamente embalsamada.

—Usted parece alguien inteligente —el viejo me tendió la caja—, ¿sería mucho pedir que examinara esta cabeza y me dijera de qué especie se trata?

Tomé la caja con algo de nerviosismo, no por miedo, sino por razones personales, pues mi propio padre había terminado sus días entre los dayaks, cazadores de cabezas, así que no me era del todo cómodo andar mirando cabezas embalsamadas.

Hice un esfuerzo para apartar el mal recuerdo de mi memoria y me puse a analizar la cabeza con todo rigor científico. Después de darle vueltas, llegué a la conclusión de que se trataba de los restos de un prehomínido, tal vez de un *Pitecanthropus erectus*, aunque tenía mis dudas...

—Por la estructura craneana parece un ancestro humano —reconocí— de varios millones de años de antigüedad, aunque me desconcierta su grado de conservación y ese bigote rizado tan extraño pues juraría que lo lleva teñido para ocultar las canas.

—Eso se explica porque este hombre vivió en el siglo XIX, donde ciertos caballeros pecaban de vanidad —sonrió el jefe, me miró fijamente y repuso—: usted tiene en sus manos la cabeza de Adolfus, el "hombre salvaje" que se exhibió por todo el sur de Europa con gran éxito. Algunos pensarían que se trata de un sujeto con malformaciones óseas o víctima de síndromes congénitos, pero nosotros descubrimos que no es así; Adolfus es un auténtico prehomínido del suborden de los antropoideos, exactamente igual a los que existieron hace millones de años, como usted bien lo dedujo.

Tomó la cabeza y la puso sobre el mueble; parecía mirarnos detrás de sus párpados cosidos.

—¿Ya entiende?

—¿Entender qué?

—Bueno —suspiró un poco impaciente—, es una prueba de que las cosas no son como dicen que deben ser. Está comprobado que no todas las especies evolucionan indefinidamente; muchas se colapsan y pueden volver sobre sus pasos. Algunas aves, en ciertas condiciones, pueden perder plumas y generar escamas, el hombre mismo ha sufrido involuciones genéticas en algunos periodos: en el siglo V, a fines del imperio romano, hubo muchas invasiones bárbaras, la mayoría de las crónicas describen a estos ejércitos nómadas como de gente muy peluda y de mandíbula pronunciada, es claro que estaban hablando de hombres primitivos, *Neanderthal* e incluso algún *Australopithecus*, su comportamiento es inconfundible: forman clanes sangrientos con sentido de pertenencia tribal. Si hubieran ganado las batallas, en este momento buena parte de Asia y Europa estaría luchando con armas de piedra. Hay seres humanos hipercivilizados que hacen subir un escalón evolutivo a toda la humanidad, pero también hay otros sujetos que nos hacen descender... Usted se preguntará ahora por qué nunca se supo de este fabuloso descubrimiento, por qué nadie publicó jamás nada acerca de la apasionante teoría de la involución de las especies. Bueno, la respuesta es fácil: por culpa de *los otros*.

—*Los otros* son los científicos tradicionales —aclaró el gordo—. Ellos no permiten que publiquemos nada ni que expongamos nuestras hipótesis. Siempre nos han tachado de charlatanes, desaparecen nuestros manuscritos, cierran nuestros centros de investigación.

—Nos hemos visto obligados a trabajar y vivir escondidos —aseguró, tristemente, uno de los gemelos—. Si por ellos fuera, harían matar a todos los anticientíficos de inmediato.

—No puede ser —repliqué—, ¿por qué querrían hacer algo así?, la ciencia debe estar abierta a todas las posibilidades, nadie ocultaría algo tan importante... no es lógico.

Todos abrieron los ojos desmesuradamente, ofendidos, como si hubiera dicho una barbaridad.

—Supongo que usted es muy joven y no conoce el alcance de la ciencia —dijo el jefe intentando disculparme—. Los científicos tienen mucho más poder de lo que aparentan: *quien sabe cómo funciona el mundo, tiene derecho a manejarlo,* y eso se ha visto desde la antigüedad. Los sacerdotes que conocían el ciclo de lluvias, del Sol y de la Luna, podían predecir el momento de las cosechas, inundaciones o eclipses, con lo que tenían un gran control sobre sus pueblos. Actualmente las cosas no han cambiado, los científicos modernos son los nuevos hijos de los dioses, ellos dicen cómo fue, es y será el mundo donde vivimos; nuestra vida se rige de acuerdo con su concepción de la realidad y con sus inventos. ¿Pero quién dice que la vida debe ser así y no de otra forma? Nosotros, los anticientíficos, sabemos que hay muchos prodigios y materias olvidadas, aunque nos está prohibido darlas a conocer, pues *los otros* no van a permitir fácilmente que se les quite el poder.

Dicho de esa manera, el manejo de la ciencia sonaba horripilante.

—Y no es lo peor —agregó el jefe, como si me leyera el pensamiento—. La teoría de la involución de las especies es sólo uno de los muchísimos descubrimientos de la anticiencia, y su importancia puede resultar mínima, una simple curiosidad de feria; pero tenemos hallazgos fundamentales... Usted acaba de leer acerca de una de las más complejas materias anticientíficas: la ovología terrestre, extraordinaria materia, de las más documentadas y peligrosas.

De su cartera sacó una postal, se trataba de la fotografía de una pareja joven y sonriente, eran muy bellos, más cerca de los modelos de pasta de dientes que de la imagen intelectual y atormentada que suelen tener los científicos.

—Éstos son el doctor Udolfo Cavalli y su mujer, la profesora Valeria Cavalli. Hace quince años mandaron construir una compleja nave submarina para bajar a la cuenca oriental de las islas Carolinas del océano Pacífico, con el objeto de matar a la criatura. Hasta ahora nunca supimos de ellos, creímos que habían muerto, pero gracias a usted sabemos que están allá, esperándonos. Nos han mandado el mensaje.

—¿Cuál mensaje?

—El de la lata... ¿cuál más? —tomó la reproducción del pergamino y la recorrió amorosamente con la punta de los dedos—. Hace algún tiempo, establecimos un sistema secreto para reconocer a los verdaderos anticientíficos de los falsos: nos aprendimos de memoria las colocaciones de los libros de anticiencia (que son ciento trece); esta biblioteca trabajaba como todas las bibliotecas normales, pero algunos de los usuarios eran anticientíficos y los reconocíamos cuando nos pedían una clave secreta como el *C.G.122.52.90;* era claro que me estaban hablando de la cronogravedad, si decían *U.St.1342.9.33* se estaba solicitando un libro de Uranus Smith, sabio descubridor del uso odorífero como control social... El doctor Udolfo Cavalli y la profesora Valeria usaron exactamente el mismo método, pidiendo el libro de la ovología... muy inteligente de su parte, supongo que allá en las profundidades tuvieron tiempo de pensar.

Estaba bastante confundido, siempre había querido y admirado la ciencia con toda mi alma, pero ahora, de pronto, alguien me decía que había dos tipos de ciencias... era desconcertante.

—Un momento... —pedí una pausa para reflexionar—. ¿Me quieren decir que el doctor Cavalli y su mujer fueron al fondo del océano para romper el huevo y que desde allá mandaron una lata para decirles que lo habían logrado hacer?

—Más o menos.

—¿Pero están hablando en serio? No fueron realmente a romper el huevo, ¿o sí?

—No a romperlo, claro, fueron a evitar el nacimiento de la criatura o detener su formación por lo menos durante otros dos mil años.

El hombrecillo parecía extraer juventud de la pasión con la que exponía sus teorías, se notaba ágil y menos decrépito. Continuó:

—En el siglo pasado se descubrió que la mejor opción para acabar con la bestia era a través del ataque directo, ya fuera asfixiándola, envenenándola o hiriéndola, y para ello las fosas submarinas resultaron ideales por su extrema profundidad. Desde entonces, han viajado muchos ovólogos a las cuencas de las Carolinas, uno de los puntos más hondos de la corteza terrestre, donde existe un abismo, la fosa de Nomoi, que bien podría ser un respiradero de la bestia.

”En 1839, Jacob Wrieb fue el primero en hacer un reconocimiento de la zona dentro de un globo de caucho; Abraham Bronowski, en 1846, construyó una campana submarina para hacer la inmersión, tenía pensado hacer detonaciones explosivas para herir a la criatura pero desgraciadamente no consiguió bajar más allá de los cuatro mil metros; en 1904, un grupo de ovólogos realizó una ambiciosa expedición, estaba comandada por el profesor Jean-Michel Menoux, y le acompañaban como ayudantes catorce alumnos y doce alumnas. Construyeron un prototipo de submarino en el que viajarían directamente al interior de la bestia, a través de sus conductos, hasta llegar al corazón o centro de bombeo principal para detenerlo. Desafortunadamente, la tecnología aún no se encontraba a la altura de sus aspiraciones y ninguno de ellos pudo volver a salir para asegurar si habían cumplido su propósito.

”Hace quince años, el doctor Cavalli y la profesora Valeria, su mujer, inspirados en los anteriores ovólogos y con más recursos, se prepararon para hacer el viaje definitivo.”

—Llevaban una inyección de veneno —dijo un gemelo.

—¡Pero necesitarían millones de litros! —exclamé, seguro de haber encontrado un error en sus teorías.

El jefe me miró sonriendo y como si le estuviera enseñando las vocales a un niño pequeño me explicó:

—La naturaleza está compuesta a base de químicos; una reacción química pequeña sería suficiente para causar la más grande de las transformaciones. Para encender un barril de petróleo da lo mismo una chispa milimétrica que un flamazo ¿no?

—Creo que sí.

—Claro que sí, porque la reacción es la misma. El doctor y su esposa llevaban noventa galones de calcio, buscaban una fisura para inyectarlo y de esta forma contaminar la circulación de la bestia, endurecer sus arterias y propiciar finalmente una afección cardiaca a nuestro habitante subterráneo.

Era demasiado, me levanté.

—Pero bestia, de qué bestia hablan, ¿un ave?, ¿una serpiente?, ¿un ángel?, ¿un caballo de mar con cabeza de merluza?

Sonrió al ver mi desesperación.

—Claro que no, ésas son concepciones humanas; podemos hablar de gusanos de energía, de larvas espaciales o de una salamandra gigantesca alimentada por fuego, pero la verdad es que no lo sabemos con exactitud. Lo único que podemos intuir es que se trata de un organismo y por lo tanto funciona como tal. La vida, por más diversa que sea, siempre se comporta bajo unas mismas reglas, siempre.

Comencé a caminar de un lado a otro, ni siquiera podía hacer más preguntas, había quedado sin aliento con tanta y tan disparatada información. El viejo pareció darse cuenta porque cambió a un tono suave:

—Debe usted sentirse confundido, no lo culpo, es duro aceptar nuevas teorías... saber que somos una infección sobre el cascarón de un huevo no es una linda noticia para nadie. El ser humano no puede aceptar que existan cosas que escapan a su entendimiento, ha querido estudiar el Universo, ponerle nombres, fechas, incluso ha pretendido medirlo; dice que es finito y que se expande, ¿pero dentro de qué se expande?, ésa es una pregunta que nadie ha podido responder.

No podía evitar el mareo... huevos, involución, salamandras de fuego... necesitaba procesar la información, si por lo menos tuviera una taza de chocolate con menta.

En ese momento se abrió la puerta y entró una chica. En toda mi vida nunca había visto una mujer como aquélla: tenía el cabello castaño y largo, los ojos color avellana, grandes, talle perfecto... era bella como una aparición.

—¿Dónde está el papel? —preguntó nerviosa.

El viejo de la levita se lo dio, la joven lo leyó.

—Es él, es la letra de mi padre —dijo emocionada—, están vivos —se dirigió a mí y me besó las manos—. Señor, no sé cómo agradecerle esto.

Me sentí bastante abochornado, no estaba acostumbrado a estar cerca de mujeres tan bellas (bueno, ni siquiera de las mujeres) y mucho menos estaba acostumbrado a que me besaran las manos.

—Hay que partir inmediatamente —dijo la joven emocionada—, no tenemos tiempo que perder, nos han mandado la clave para rescatarlos.

—Tenemos que comunicarnos con las otras asociaciones —opinó uno de los gemelos.

—Y preparar el viaje —dijo el gordo.

Todos los viejos se levantaron presurosos, discutían y hablaban a la vez.

Yo me quedé sentado, como si estuviera dentro de un sueño. El jefe me miró:

—Usted no se quede allí, venga con nosotros.

—¿Yo?

—Claro —sonrió—. ¿Cree que le conté todos nuestros secretos nada más porque sí? Ahora es parte de nuestra sociedad, y lo necesitamos, usted será nuestro guía en esta expedición.

4 Las materias prohibidas

En menos de veinticuatro horas, mi concepción del mundo se había trastocado por completo; tantos años de estudiar botánica, química, física, biología, astronomía, geología... para descubrir ahora que en realidad no sabía absolutamente nada del verdadero funcionamiento del Universo.

Lo más doloroso era la posición en que habían quedado mis grandes ídolos: Marconi, Pasteur, Koch, Newton, Franklin. Resultaban empañados y minúsculos en comparación con otros hombres verdaderamente innovadores que habían entregado su vida por revolucionarios descubrimientos.

Realmente era difícil asimilarlo, y ni siquiera tenía tiempo de hacerlo pues debía ayudar a los anticientíficos a realizar la expedición.

Y ésta era, sin lugar a dudas, la expedición más extraña que científico alguno hubiera pensado realizar: había que rescatar al matrimonio Cavalli que, según las hipótesis, estaba con vida a unos 10 860 metros bajo la superficie del mar, desde hacía unos quince años.

En realidad el doctor Udolfo Cavalli y la profesora Valeria habían pronosticado invertir únicamente tres meses en su misión, un tiempo justo para bajar a las profundidades de la cuenca oriental de las Carolinas (cerca de Papúa-Nueva Guinea) e infectar a la criatura; para tal fin habían construido un arpón, a modo de aguja, conectado a una cápsula con revestimiento de titanio, que a su vez manejaba una nave ovológica submarina de tres motores. El objetivo era encontrar la fisura o poro para practicar la operación.

El matrimonio Cavalli logró burlar a *los otros* científicos, que pretendían boicotear su proyecto, y en medio de un gran secreto se trasladaron al Pacífico Sur, donde rentaron un yate para hacerse pasar por turistas ociosos; pero detrás de la fachada se ocultaba un completo laboratorio anticientífico con aparatos sismológicos, medidores de radar y un buen campo de entrenamiento para oceanonautas. Todo el costo había salido de las arcas de varios Institutos Anticientíficos alrededor del mundo, para una expedición calificada como infalible.

Los acompañaban dos ayudantes: Salvatore Vezza, gran anticientífico fundador de nueve centros de estudios en Europa (era el viejecillo que me había interrogado) y Genovevo Albani, anticientífico especializado en biorología (era el gordo cara de foca del mostrador).

El matrimonio bajó en la nave submarina y los otros dos investigadores se quedaron afuera con el propósito de recibir y decodificar los mensajes (en clave morse, por lo regular).

El proceso de inmersión fue bastante lento a causa de la presión; tardaron casi dos semanas, durante las cuales enviaron fabulosas descripciones del fondo del océano, de sus cumbres, valles y gigantescos animales. Para repeler cualquier peligro, la nave contaba con un campo electromagnético y sonido de alta frecuencia.

La comunicación se mantuvo bastante bien a pesar de la profundidad alcanzada. El doctor Cavalli dio precisos detalles del fondo de las cuencas de las Carolinas, donde se encontró con desfiladeros y cañones sumergidos, que hubo que estudiar con cuidado, pues eran peligrosos. En cierta ocasión, mientras registraban géiseres de vapor, se desató un fuerte tornado marino compuesto por arena, aire caliente y gases que salían directamente de las profundidades del huevo terrestre; la nave logró escapar, aunque sufrió algunos desperfectos mecánicos, sin peligro para la expedición.

Después de innumerables riesgos, entre pequeños tornados de gas y corrientes traicioneras, la nave ovológica consiguió descender hasta el punto más profundo, donde encontraron una red de túneles, verdaderos "respiraderos".

Ése fue el último mensaje recibido, pues en esa semana el laboratorio flotante comenzó a tener fallas de comunicación con la nave ovológica, y aquello se complicó aún más cuando se desató la tormenta tropical que barrió las islas Carolinas. El yate se vio obligado a buscar una región de calma y cuando regresó (nueve días más tarde) no volvió a recibir mensajes.

Salvatore y Genovevo permanecieron varios meses rastreando la zona, sin resultados. Al año abandonaron toda esperanza y se suspendió la expedición (en parte porque se les había acabado el dinero y por el comienzo de la guerra).

Para ser realistas, no tenía caso seguir con la búsqueda; las reservas de oxígeno de la nave estaban programadas para durar a lo mucho cuatro meses, y los peligros del fondo del mar eran infinitos: pudieron quedar atrapados en un coral gigante o ser succionados por alguna corriente durante el proceso de inyección de calcio.

Se calificó la expedición como un fracaso, además de convertirse en una catástrofe financiera para todos los institutos anticientíficos que participaron en el proyecto. Como no había fondos para volver a construir una nave, muchos investigadores, al ver inminente el rompimiento del huevo terrestre, cayeron en la depresión y el abandono; algunos incluso se dedicaron a vagar. No era difícil encontrar entre los borrachines callejeros a algún arcabotánico o a un brillante protoquímico. Por otra parte se cerraron muchos centros de estudio y sólo unos cuantos siguieron trabajando.

Pero ahora la aparición del mensaje enlatado cambiaba el desolador panorama de la anticiencia pues no había ninguna duda de la veracidad del pergamino. La nave contaba con un almacén de conservas así que bien pudo el doctor Cavalli abrir una lata para colocar el mensaje y volverla a soldar. El misterio del combustible era explicable: como era imposible enviar la lata con aire en su interior (pues la presión la hubiera destruido), hubo que llenarla con líquido (los cuales son incompresibles) y, siguiendo el principio de Arquímedes, el doctor Cavalli puso gasolina, la cual, al ser más ligera que el agua, hizo flotar la lata y, de este modo, se impulsó hacia la superficie, hasta que un "pescador de desperdicio" la capturó.

El mensaje era perfecto, sólo los iniciados podrían comprenderlo y la gente común tendría solamente que seguir las instrucciones del mensaje: *Le recomiendo visitar la biblioteca romana de esta calle y pedir* TN.OV.1933.56.6, y con esto los anticientíficos deducirían, uno: que la misión había sido resuelta con éxito, esto es, que se había envenenado a la criatura y, con ello, salvado al huevo terrestre, y dos: era una prueba de que los Cavalli seguían con vida.

Ahora bien, en este último inciso había bastantes misterios por resolver: al revisar el pergamino en aquella ocasión, hice un cálculo de antigüedad estimado entre ocho y diez años, eso quería decir que el doctor Cavalli y la profesora Valeria habían sobrevivido por lo menos cinco años debajo del mar. La pregunta era: ¿de dónde habían sacado oxígeno para sobrevivir? ¿Y cuánto tiempo más podrían haber soportado la espera?

Los viejos ni siquiera se hacían esta pregunta, ellos daban por sentado que el matrimonio de oceanonautas estaba abajo, esperando ser rescatado, lo cual evidentemente era justo, pues se trataba de los dos héroes más importantes de todos los tiempos. Además de salvar a la humanidad, ellos representaban la prueba más contundente de la existencia de las materias anticientíficas. El mundo lo sabría y el dominio de *los otros* por fin se vendría abajo.

La más emocionada con todo esto era, sin lugar a dudas, Graziella Cavalli, la hija del doctor Udolfo y de Valeria.

Si alguna vez pensé que mi infancia había sido extraña, era porque no conocía la vida de Graziella. Al desaparecer sus padres en la misión ovológica, se quedó al cuidado de los cuatro sabios de la Academia Anticientífica de Italia: Salvatore, Genovevo y los mellizos Mariano y Marino Lulli.

No debió ser fácil para esos cuatro solterones reumáticos hacerse cargo de una niñita; sus vidas habían transcurrido entre libros y laboratorios, poco sabían de contar cuentos para evitar pesadillas por la noche, del enigma de las sábanas orinadas o de la letra de las canciones que tienen la virtud de tranquilizar al niño más terrible. Ni siquiera tenían la menor idea de cómo vestirla y cuando terminó por romperse el último vestidito le pusieron un enorme overol de tela de asbesto, que de paso servía para protegerla de la mugre que, por cierto, se pega con tanta frecuencia en los niños.

El peinado fue otro problema; jamás pudieron hacerle esos rizos y caireles que tan bien le salían a la madre, aunque probaron decenas de químicos sobre su hasta entonces sedosa cabellera, porque después, con los experimentos, adquirió cierto tono opaco y textura de fideo crudo. Para ocultar el problema capilar diseñaron una complicada máquina para hacerle trenzas, que al parecer funcionó de maravilla y varias mujeres iban cada mañana a peinar a sus hijas.

Y así las cosas, fueron encontrando acomodo con el tiempo, y los viejos terminaron por convertirse en cuatro dedicados abuelos. Incluso los gemelos aprendieron a coser vestidos de organdí y trabajaban los olanes y el plisado como la mejor costurera de Roma. Genovevo, por su parte, se especializó en juegos y canciones infantiles e hizo grandes esfuerzos para saltar la rayuela con todo y sus sesenta kilos de sobrepeso. Salvatore, a su vez, se convirtió en el narrador de cuentos más entretenido y variado que se pudiera escuchar, multiplicó las mil y una noches con los doce trabajos de Hércules y las noventa batallas de Aquiles, obteniendo millares de combinaciones, todas fantásticas.

A los viejos les era imposible pensar que alguna vez hubieran vivido sin Graziella, y tal vez eso fue lo que les salvó de la depresión que embargaba y destruía a los anticientíficos del mundo.

Al final de la guerra, Salvatore registró a Graziella oficialmente como su nieta así que ya nadie podía quitársela, más que, claro, la escuela.

Fue una tragedia el primer día de clases, lloraron más los cuatro abuelos que la propia niña. Luego de cientos de recomendaciones la dejaron en la puerta del colegio; pero Graziella no tardó en regresar a la casa, y por más que la encaminaran de regreso ella encontraba la forma de escapar. Cuando le preguntaron el motivo de su resistencia a la escuela, la niña aseguró que se aburría mortalmente y prefería conocer las materias que comentaban sus abuelos, que eran sin duda mucho más entretenidas.

Acordaron darle clases vespertinas, era un experimento pues no sabían si una mente tan joven podía captar el significado de la anticiencia. Y se llevaron una sorpresa, a Graziella le gustaba aprender, su mente era audaz y receptiva, cosa bastante natural al ser descendiente de dos brillantes anticientíficos.

La niña aprendió las ciento trece materias anticientíficas en menos de un año, tenía una memoria envidiable y recitaba sin equívocos la tabla periódica de los doscientos nueve elementos desconocidos.

Conforme fue creciendo, asimismo lo hizo su fenomenal belleza, de la que nunca parecía darse cuenta. No acostumbrada a maquillajes ni arreglos, paseaba descalza por Roma con el pelo al aire y un libro de neofísica bajo el brazo. Vivió una infancia feliz, entre tesis polvosas y ancianos eruditos.

Sólo un detalle empañaba su existencia: la desaparición de sus padres. No estaba satisfecha de que fueran fracasados anticientíficos, deseaba saber exactamente qué había ocurrido, era una angustia que la acompañó siempre y la angustia fue transformándose en obsesión. Estudió todos los documentos de la inmersión de sus padres, interrogó mil veces a Salvatore y a Genovevo. Su mirada se tornó distante, como si sus pensamientos se encontraran siempre lejos, en el fondo del mar.

Ahora todo era diferente, Graziella era la más entusiasmada en la expedición de salvamento de sus padres, y lo primero que hizo fue buscar los planos originales de la cápsula ovológica de inmersión; tenía pensado construir una réplica.

—¿No será muy caro? —preguntó Salvatore.

—Buscaremos apoyo de los demás Institutos, ésta es una noticia para celebrar a nivel mundial, les encantará saber del hallazgo, el huevo no se romperá, la vida sigue, esto reactivará a muchos centros abandonados.

No se sabía cuántos Institutos habían sobrevivido, pero Graziella estaba segura de que quedaban los suficientes para apoyar la expedición, así que se puso a escribirles a todos, desde las agrupaciones de Lisboa hasta las logias anticientíficas de Moscú.

El plan era simple, se haría una expedición exactamente igual a la de quince años atrás: construir una nave y rentar un yate para ocultarnos, pero ahora en lugar de envenenar a la criatura la inmersión tendría el propósito de rescatar a los héroes.

Por desgracia las situaciones actuales no eran las mismas de entonces, ya no había dinero y yo dudaba que los anticientíficos soportaran una empresa de esas características (no podían subir una escalera sin que se les cortara la respiración).

Pero nadie pensó en las dificultades, y trabajaron con entusiasmo: Salvatore se dedicó a hacer un presupuesto para la construcción de la nave, Genovevo ordenó los apuntes y planeó la organización general del proyecto y los gemelos Marino y Mariano Lulli se dedicaron a desenterrar ahorros que tenían escondidos por toda la biblioteca y a hacer colectas para el viaje.

Y yo, por mi parte, me integré plenamente a la familia anticientífica; creo que en todo el mundo no existían personas tan estimulantes y cariñosas para un aprendiz y joven huérfano.

Cuando les platiqué la historia de mis padres se maravillaron:

—Se nota que tienes estirpe guerrera, un científico es ante todo un guerrero —dijo Salvatore, impresionado. Graziella me acarició la cabeza cuando relaté mi vida en el orfanato.

—Debiste sentirte muy solo —dijo—; con nosotros no volverás a estarlo —agregó.

Pero lo que realmente hizo que me amaran a profundidad fueron dos habilidades: mis conocimientos de cocina y mi dominio sobre los idiomas; en ese orden, en idiomas se entiende porque era útil para los viajes y la investigación; pero las dotes para la cocina me hicieron especialmente valioso. Ninguno de ellos sabía cocinar, mucho menos Graziella, para la que era más fácil descifrar el comportamiento del átomo de hidrógeno que cocer un pollo.

Como nuevo miembro de la familia, se apresuraron a darme un intensivo entrenamiento anticientífico y en la primera semana establecieron horarios para que cada uno me diera clases, siempre con la recomendación previa de "olvidar todo lo aprendido para ver lo nunca visto y el revés de las cosas".

Genovevo aprovechaba cualquier momento para propinarme una reveladora lección de anticiencia. Usualmente comenzaba con una pregunta extraña:

—¿Sabías que las montañas tuvieron vida? —me preguntó una mañana, mientras le enseñaba a hacer una sopa de hongos.

—Bueno, tienen muchos animales en su interior —dije despreocupadamente.

—No, hablo de la montaña completa —chasqueó la lengua mientras lavaba las cebollas—, soy especialista en ello, soy biorólogo, o sea, estudioso de las montañas con vida.

Y en medio de vapores y cáscaras de patata, Genovevo me explicó los misterios de la biorología: se trataba de una de las anticiencias secundarias del estudio del cascarón terrestre, y afirmaba que los huesos prehistóricos encontrados en el interior de algunas cadenas montañosas no provenían de animales, sino que en realidad eran de las propias montañas, pues entre el reinado reptil y el mamífero hubo una corta dominación de nueve mil años donde la vegetación alcanzó su máximo desarrollo y esplendor.

El origen de todo ocurrió en la fibratenia, una planta antediluviana con una estructura porosa en sus ramas muy parecida a fibras musculares, lo cual le daba cierto margen de movimiento a los tallos (este mismo principio lo siguen usando las enredaderas al extenderse a lugares con más agua o luz), pero en aquellos tiempos las plantas eran más rápidas, e incluso contaban con un lenguaje rudimentario que aún persiste en ciertos árboles de tamarindo, basado en pulsos y levísimas vibraciones.

Los grandes árboles (secuoyas y robles) tenían un complejo mecanismo de tracción, eran más gruesos para almacenar agua y sus raíces eran poco profundas y dúctiles como tentáculos; la fusión de estos árboles, junto con arbustos y bloques de tierra nutricia, fueron creando las montañas.

La vida de una montaña podía empezar como una pequeña colina, al iniciar su juventud podía desplazarse con relativa velocidad hacia regiones ricas en bosques y pastizales para encontrar alimento y de esa manera crecer; algunas fueron tan voraces que formaron cadenas montañosas de cientos de kilómetros de largo.

Para poder sostenerse y realizar movimientos, desarrollaron vértebras; no tenían ojos u orejas porque no les eran necesarias, el follaje cumplía la función de una piel ultrasensible a ruidos y temperatura.

Dos montañas afines podían comprometerse y unirse para formar una montaña más grande, los hijos eran resultado de fragmentaciones; si por accidente tenían el desmembramiento de alguna tonelada de tierra y vegetales, esta porción podía separarse para llegar a ser más tarde una montaña independiente y formar luego su propia familia.

Aunque socialmente no fueron muy avanzadas, las montañas llegaron a formar colonias o tribus tan grandes que ocupaban millones de hectáreas. Había de varias especies o razas biorológicas, desde carpáticas (piedra y árboles) hasta albaceas (tierra suave y follaje).

El reinado de las montañas fue corto, su propia gula las destruyó, sólo querían comodidad, tierra, sol y nutrimentos. Nadie se preocupaba por los animales, a excepción de montañas carnívoras que apreciaban cualquier bicho que se les acercara. Pero estas montañas eran excepcionales, la mayoría sólo deseaba más bosques, praderas y terrenos para engullir.

En su lucha por el alimento algunas tribus llegaron a pelear para devorarse mutuamente; debió de ser un espectáculo fabuloso ver una lucha de montañas. Muchas de éstas, antes de preferir ser devoradas, se lanzaron al mar; otras huyeron a regiones apartadas, como desiertos, donde murieron de sed y hambre (en el gran cañón del Colorado se pueden ver ejemplares de esqueletos montañosos). Las montañas vencedoras llegaron a ser tan grandes que formaron continentes, y debido a su peso dejaron de moverse, quedando expuestas a los animales herbívoros que consumieron su piel. Con el tiempo estas monumentales montañas perdieron toda capacidad de movimiento y se convirtieron en grandes cadáveres que la lluvia y el aire terminaron por disolver.

Se dice que algunas pequeñas montañas quedaron con vida, y una poco difundida tragedia de Sófocles, *Las orogenias*, relata la historia de la población de Calcis, que luchó contra una montaña hasta que logró sacarla del pueblo y arrojarla a un precipicio.

Si la teoría de la biorología me quitó el sueño por varios días, no se comparó con el desconcierto que me produjo la lectura de la *Enciclopedia selecta de los anticientíficos,* que me mostró Salvatore en la biblioteca. Allí me enteré, entre otras cosas, de los secretos de Uranus Smith acerca de cómo dirigir a la sociedad a través de olores.

Resulta que el ser humano, como cualquier otro animal, responde a estímulos olfatorios, pues los olores se codifican en el cerebro junto con patrones emocionales. Uranus Smith inventó la anticiencia llamada odorología, e hizo estudios acerca de los olores que estimulan el apetito o que lo inhiben, así como de los que propician la reproducción humana y la abstinencia. Hay olores que dan sueño, que irritan, que traen recuerdos tristes y alegres, incluso hay olores nutritivos.

Los olores bien utilizados pueden ayudar a mejorar la existencia de la humanidad. Para este fin, Uranus tenía pensado instalar en su ciudad natal (Boston) una red de tuberías odoríferas. Un aroma tranquilizante evitaría la violencia y riñas familiares, otro olor propiciaría la cooperación e incluso se podría alimentar a los niños con vitaminas gaseosas.

Una de las grandes invenciones de Uranus fue la "bocina de olores", que según sus planes funcionaría de forma parecida a las bocinas de audio; si éstas, con sólo una membrana de goma encerrada en una caja de madera y tela, pueden reproducir con exactitud todos los sonidos, ¿entonces por qué no hacer lo mismo con los olores? Uranus Smith no tuvo tiempo de terminar de construir el alcantarillado odorífero de su ciudad, quedó en la pobreza y no consiguió dinero para seguir adelante. De haberse llevado a cabo sus planes, hubiera cambiado los métodos de convivencia en el huevo terrestre.

Pero no todas las anticiencias eran tan prácticas, había algunas bastante extrañas como la "Declaración de los derechos de todo", que no era propiamente una materia, sino algo parecido a una antiley, redactada por un anticientífico holandés (el abogado Erick van Rick), quien fue el miembro fundador, presidente, tesorero, secretario, y primer y único integrante de dicha asociación.

Su objetivo principal era la defensa de todos los seres vivos, y su lema: "Por principio y ante todas las cosas se reconoce la igualdad y el respeto entre todas las clases, géneros y razas incluidos humanos, animales y vegetales." Todos tenían derecho a la vida, y a la mejor vida posible.

En un estudio realizado en laboratorios se comprobó el alto grado de sufrimiento emocional que experimenta un jitomate cuando se rebana para una ensalada, y no se diga de la papa que además de sufrir el tormento del cocimiento termina desmembrada en algo tan cruel llamado puré.

Erick van Rick tuvo algunos opositores que protestaron porque había olvidado incluir a los insectos y eso representaba una grave discriminación, así que en una nueva publicación del decreto se convirtió en un delito matar mosquitos, avispas o chinches.

Todo tenía derecho a la vida, desde una zanahoria hasta una mosca panteonera.

Evidentemente la teoría no tuvo adeptos porque al ser prohibidas las cadenas alimenticias, se condenaba a todas las especies a morir de hambre.

Aprender anticiencia con los gemelos Mariano y Marino podía resultar algo complicado, y no porque fueran malos maestros, sino por algunas deficiencias físicas: Marino era sordo del oído izquierdo y Mariano del derecho; el primero tenía fallas con los nombres y el segundo con las fechas, así que para recibir una clase, tenía que esperar a que se reunieran los dos y completaran un maestro.

Afortunadamente el resultado era bueno, y entre varias cosas me enseñaron el enigma de la inmortalidad. Aseguraban que la oxidación de las células era la causa de la vejez, y sostenían que si un ser humano vivía en un lugar con poco oxígeno podría vivir eternamente, como se comprobaba en un pueblo de la montaña de Kamet, en la India, donde existía un pueblo de ancianos donde el jovenzuelo de la comunidad tenía ciento doce años.

Otra de las sensacionales enseñanzas de los gemelos fue la teoría de la cronogravedad. Según sus observaciones, la fuerza gravitatoria de la Tierra aumentaba un 0.6 por ciento cada siglo. A simple vista puede parecer poco, pero con el transcurso de los milenios su efecto es impresionante; como ejemplo están los fósiles de animales prehistóricos, sus huesos y dimensiones alcanzaban varios metros de altura, lo mismo que árboles, plantas e insectos, gigantismo causado por una gravedad menos rígida.

Pero el problema real se encuentra en el futuro: en noventa mil años, el ser humano promedio medirá la mitad de su tamaño, será el doble de robusto y tendrá huesos más resistentes; y en un futuro de dos millones de años, todas las especies del huevo terrestre (incluyendo la humana) serán parecidas a las tortugas.

Pero definitivamente, las clases que más disfruté fueron las de Graziella, no sólo por su juventud, sino porque se preocupó de darme un panorama de todo el asunto.

Para empezar, me explicó la organización general de la anticiencia: los Institutos alrededor del mundo tenían obligación de estudiar todas las materias y a la vez se especializaban en alguna de ellas. El de Praga tenía especialidad en antimúsica, el de Atenas en carpintería euclidiana y el de Munich en enfermería alternativa.

Su padre, Udolfo Cavalli, un rico heredero, recibió la visita de los cuatro eruditos a mediados de la década de los años veinte, y juntos fundaron el Instituto Anticientífico de Roma, con la especialidad en ovología, bajo la fachada de la *Libreria La Salamandra*.

Como en la mayoría de esos Institutos, las instalaciones principales del Instituto de Roma estaban ocultas en pasadizos y cuartos secretos, donde existían laboratorios, salas de junta, aulas, oficinas y hemerotecas.

En sus mejores tiempos, el Instituto Anticientífico de Roma albergó a doscientos estudiantes, veinticinco maestros y treinta y seis investigadores; poco a poco se fue vaciando, muchos sabios renegaron de sus descubrimientos y se aliaron con *los otros*, seguramente fastidiados de tantos obstáculos, mofas y carencia de dinero o reconocimiento.

Graziella se burlaba de esos impacientes:

—En algún momento la gente desconfió de los inventores de la comunicación telefónica, de la máquina de vapor o de los daguerrotipos; pero luego fueron aceptados como indispensables para la civilización. Nosotros estamos en un periodo de espera.

Creo que fue la belleza de Graziella el mejor aliciente para superar mis dudas acerca de la veracidad de la anticiencia; bastaba con escucharla para que las cosas que antes parecían imposibles y disparatadas sonaran ahora lógicas y elementales. Como maestra era insuperable, nunca había contemplado un espectáculo semejante: sabiduría y belleza en equilibrio perfecto, sus prodigiosos conocimientos se igualaban a su piel inmaculada, y su poderosa memoria era comparable a la grandiosidad de sus labios y a sus largas pestañas.

Todo en ella era un concierto de armonía, la manera en que movía las manos, el entornar de los párpados, la risa suave, su figura, digna de Palas Atenea, diosa del Intelecto.

Mi admiración rebasó los límites permisibles una tarde, cuando Graziella intentaba explicarme tres subdivisiones de la ovología: estudio del cascarón, civilización de la yema y medición radiológica de la criatura. De pronto, y sin aviso alguno, interrumpió su charla.

—¿Rudolph, me estás escuchando?

—¿Perdón?

—No me estás prestando atención. ¿Me podrías repetir lo que acabo de decir?

—Ehh... bueno... parece que...

Sonrió.

—Estás muy distraído, si no fuera por tu edad diría que en la última hora te has dedicado a verme, no con ojos de científico sino con ojos de hombre.

Me sentí abochornadísimo, nunca antes me había pasado algo parecido.

¿Cómo explicarlo?... Siempre sentí desprecio por las cuestiones amorosas y puramente románticas, pues me parecían una vulgar pérdida de tiempo; la pasión es un desperdicio para el científico, distrae sus sentidos y nubla su mente cuando tiene que mantenerla despejada y en extrema concentración.

Pero ella cambiaba lo que pude haber pensado acerca de cualquier cosa, su presencia trastocaba mis ideas, era imposible estar frente a ella y no sentirse invadido por la zozobra.

Y lo que más me confundió en esa ocasión fue la frase: "Si no fuera por tu edad." ¿A qué se refería? Prácticamente éramos de la misma generación, claro, ella me ganaba por seis años, pero según mi pasaporte eran sólo dos, ya no era ningún niño, era un hombre (o al menos en camino de serlo), y ella tenía que enterarse y tratarme como tal.

No me atreví a reprocharle nada, su sonrisa, su carácter limpio y franco, me impidieron tocar el tema.

Mi angustia me llevó a tal grado que incluso falté un par de días al Instituto de Anticiencia y permanecí en la pensión de Trastevere, meditando. No tenía ni fiebre, ni gripa, ni nada; sin embargo no podía levantarme, era víctima de una nueva enfermedad (si el amor puede llamarse enfermedad), ¡si por lo menos no fuera tan inteligente! ¡Era experta en trigonometría y derivadas potenciales! ¿Quién podía resistirse a esos encantos?

Por fortuna, varios acontecimientos estaban a punto de desarrollarse y me mantendrían ocupado toda la semana siguiente: la aparición de *los otros*.

5 *Enemigos*

SIEMPRE pensé que todo aquello de *los otros* era un poco exagerado; no podía concebir que los científicos tradicionales de tan buena reputación se dedicaran a hacer daño a los anticientíficos. No imaginaba posible tanta maldad, hasta que la experimenté en persona.

Pero vayamos en orden. Después de mi extraña enfermedad causada por la presencia de Graziella, decidí hacer una pausa en mi entrenamiento anticientífico y me dediqué a reunir fondos para la expedición junto con los gemelos. Su sistema era muy anticuado y lento: vendían libros de la biblioteca. Claro, no eran libros comunes, sino viejísimos incunables y obras maestras de la literatura. Los ofrecían a ricachones coleccionistas; pero era muy complicada la negociación y había que esperar de cuatro a cinco días para vender un libro.

Alguna vez les propuse conseguir dinero del *Pacific Sun* (el editor estaría encantado de financiar el rescate de un grupo de héroes), pero los viejecillos se horrorizaron ante mi sugerencia.

—Es muy peligroso, todos se darían cuenta y *los otros* boicotearían el proyecto —exclamó Marino, verdaderamente asustado.

Según ellos, el simple hecho de salir a la calle constituía un peligro casi mortal, pues *los otros* podrían reconocerlos. Si ahora salían a vender libros, era únicamente porque la ocasión del salvamento lo ameritaba.

Con tantas y tan extrañas explicaciones, decidí no mencionar más el tema del periódico y tomé mi caja de libros y la lista con los domicilios de los más destacados bibliófilos de Roma.

Mi aspecto no era el más indicado para hacer negocios, y a pesar de mi debilucho bigote y de mis botas no parecía ni remotamente un adulto. Casi nadie me tomó en serio como vendedor de libros valiosos.

Mi primera cita fue un completo desastre, una anciana y adiposa coleccionista de novelas de amor, a la que intentaba venderle la primera edición de *Los novios,* de Manzoni, ni siquiera me dejó hablar.

—¿Pero qué edad tienes, criatura? ¿No habrás robado este libro, verdad? —dijo mirándome con desconfianza

¡Si supiera que yo era un aspirante a anticientífico en una importante misión mundial!

—No, señora... tengo quin.. diecinueve años... ¿Ya se fijó en el empastado? —le tendí el libro con la intención de cambiar de tema.

—Es malo robar... ¿Lo sabías?

Era imposible hacer un trato con esa mujer, así que preferí realizar una graciosa huida.

Este tipo de escenas se repitió varias veces. En el Museo Nacional Romano pretendieron quitarme dos ejemplares de arte etrusco, argumentando que eran suyos, y en un club de lectores de via Sardegna ni siquiera me dieron el acceso porque había un letrero en el que se informaba que no se permitía la entrada a "niños, animales o uniformados". Pero no me desanimé, estoy acostumbrado al rechazo y seguí intentándolo. Mi empeño dio resultado una semana después, cuando visité a un millonario muy accesible... por lo menos en apariencia.

Por medio de un anuncio nos contactó un tal conde Luchino que al parecer estaba interesado en ediciones antiguas de botánica. Como no lo conocían, los gemelos no quisieron ir a su domicilio, así que yo asumí el trabajo.

La casa se encontraba en el Aventino, relativamente cerca del Instituto. Aventino es un lujoso barrio con mansiones y palacetes de más de mil años de antigüedad, la cita era muy temprano; cuando fui, las calles todavía olían a pasto recién cortado.

En ese lugar, y por una razón desconocida aunque agradable, mi extraña figura fue tomada en serio, el mayordomo me pasó directamente a la biblioteca y hasta me sirvió un whisky doble (únicamente tomé un sorbo para aparentar desenvoltura).

En pocos minutos apareció el conde Luchino, un hombre viejo, muy bien conservado, atlético y de piel bronceada que tenía ojos pequeños y húmedos como ciruelas, el cabello cortado a cepillo y una sonrisa que parecía columpiarse dulcemente en su boca.

—Me gusta, me gusta mucho —hojeó lentamente una clasificación botánica de 1772, de Evaristo Rudiggeri—. ¿Las ilustraciones están hechas a mano?

—Así es, son más de trescientas y al final hay un apéndice de hongos.

—Qué maravilla, ¿tienes más libros como éste?

Saqué de mi caja otros siete volúmenes, entre los cuales estaban dos manuales especializados en plantas venenosas y un atlas floral que contenía la descripción de cuatro mil especies de flores de los cinco continentes.

El conde miró los libros con cuidado.

—¿Tienes algo mejor? —me preguntó con una sonrisa particularmente amable.

—Estos libros son los mejores de historia botánica, tienen las clasificaciones más completas.

—No, no me refiero a eso, sino a algo... más especial, como estudios nuevos sobre las plantas.

—Bueno, si desea puedo conseguirle un libro sobre vegetación del desierto, es un tema muy interesante.

—Creo que no me entiendes —sonrió con empalagosa dulzura—, hablo de algo realmente novedoso, me gustan las cosas innovadoras, como "dominio de las plantas", ¿has oído algo de esta materia?

—Oh, un poco, ¿es de la cuestión de las montañas con vida y esas cosas, no? —dije sin querer.

Sus ojos brillaron.

Me arrepentí por haber hecho alusión a una materia anticientífica, pues estaba prohibidísimo mencionar, comentar o divulgar a un desconocido algo de las materias secretas. De inmediato sentí el impulso de arreglar mi imprudencia.

—Este... sí, quiero decir, el dominio de las plantas en la medicina, es muy importante para la elaboración de medicamentos, algunas plantas montañosas tienen propiedades contra la tos y la fiebre... está probado con las cabras, nadie ha visto jamás una cabra de montaña con gripa.

Pero era demasiado tarde, la mirada del conde había sufrido una ligera transformación, era siniestra.

—Plantas medicinales, claro... —murmuró.

Comencé a sudar.

—Creo que voy a quedarme con los libros que traes —miró la lista de precios—, iré a preparar el cheque, no te muevas por favor.

Se dirigió a una puerta lateral. En cualquier otra circunstancia yo hubiera estado feliz por la venta masiva de libros, pero ahora había algo en el ambiente que daba escalofrío. ¿Podía aquel hombre ser un anticientífico? No, no era posible, los viejos no me habían hablado de él, además me lo hubiera dicho. Todo era muy sospechoso... Intenté calmarme, pensé que me estaba sugestionando por lo que había oído de *los otros*. Alejé los pensamientos de la cabeza, ese hombre era un simple conde que quería libros de botánica y ya, eso era...

Se abrió la puerta y apareció el conde, que ya no parecía tan dulce; para empezar su angelical sonrisa se había desvanecido por completo y lo acompañaban dos hombres, vestidos con gruesos trajes blancos, ninguno parecía estar interesado en los atlas florales que tenía en mi regazo.

—¡Es uno de ellos! —gritó, señalándome.

Los gigantones se arrojaron sobre mí, intenté escapar por la puerta principal, pero me lo impidieron otras personas: se trataba del mayordomo y de un tipo grande, con todo el aspecto de carnicero sobrealimentado.

En momentos así, solamente hay dos opciones disponibles: luchar o huir, y como yo ni siquiera podía dar una bofetada sin que me doliera la mano opté por la segunda opción.

La única salida posible se encontraba en una pequeña ventana a cuatro metros de altura, sin pensarlo dos veces me trepé a un librero usándolo como escalera. Uno de los gigantes alcanzó a tomarme un pie y consiguió quitarme una de mis queridas botas.

En medio minuto llegué a la cima del librero y como todavía faltaba un metro para alcanzar la ventana, empecé a dar de saltos con un ánimo deportivo como jamás había experimentado en la vida.

El conde Luchino gritaba frenético:

—¡Va a escapar! ¡No lo dejen ir!

El carnicero abrazó el librero con sus manazas y realizó una impresionante demostración de su brutal fuerza, arrancando de cuajo los tornillos que lo sujetaban al piso. Me hubiera caído con todo y librero si no es por un olímpico salto que me llevó al quicio de la ventana.

Me quedé colgando en la pared como un adorno navideño, no sé de quién fue la idea pero comenzaron a aventarme librazos como si fuera cucaracha... Aun así, pude subirme a la ventana; ahí descubrí que lo importante no había sido subir, sino bajar; no podía arrojarme cuatro mortales metros hasta topar con la banqueta. Afortunadamente, la pared exterior estaba cubierta por hiedra, y sin saber si me resistiría o no, me agarré de sus rugosas hojas.

Adentro, seguía gritando el conde:

—¡Afuera, síganlo, qué esperan!

El plan de la hiedra no funcionó muy bien porque a los dos metros se despegó cual papel tapiz y caí estrepitosamente, doblándome un tobillo en el aterrizaje.

Impulsado con ridículos saltitos a causa de mi torcedura, me alejé corriendo hasta que dos cuadras después encontré una gran puerta abierta. Entré sin pensarlo.

Era el Cimitero Acattolico, un lugar pintoresco donde están enterrados los viajeros protestantes que murieron en su visita a

Roma; abundan tumbas de enamorados, víctimas de fatídicas lunas de miel y algunas curiosidades, como los restos cardiacos del poeta Percy Shelley. Desafortunadamente yo no tenía tiempo ni ánimos para realizar una visita turística y me escabullí entre las lápidas. Estuve un buen rato escondido hasta que logré deslizarme como gusano en dirección a la puerta trasera del camposanto.

Media hora después, llegué a la pensión. Parecía que venía de la guerra, descalzo, con el cuerpo rasguñado y moretones en la cara. La portera me miró escandalizada.

—Me asaltaron —murmuré.

Al entrar en mi cuarto, me encontré con el entrenador de perros chihuahueños que bañaba a dos canes en la regadera y corrí a todo el grupo sin hacer caso a sus pretextos (los perros tenían función en un teatro de variedades).

Necesitaba estar solo para pensar: ¿así que ésos eran *los otros*? ¿Si me hubieran atrapado qué me hubieran hecho? Me sentía ahora como un verdadero y sufrido anticientífico, necesitaba ver al grupo, prevenirlo y, claro, disculparme por haber perdido ocho valiosísimos libros.

Los viejos no se molestaron por los libros, eso era lo de menos, lo importante es que había logrado escapar.

—Te pusieron una trampa, eso fue —me explicó Genovevo—, es usual que se hagan pasar por anticientíficos y luego descubran su verdadera identidad.

Todos estaban a mi alrededor; se había convocado a una junta urgente en el comedor del Instituto y me miraban preocupados, hasta Graziella trajo algunas vendas para curarme.

—Rudolph —me preguntó Salvatore—, ¿recuerdas el aspecto del conde?

¿Cómo olvidar su horrible sonrisa? ¿Los ojillos agudos y crueles? Lo describí con tal fidelidad que los viejos lo reconocieron.

—Es Thomas Hillinger —murmuró Genovevo con tristeza.

—¿Lo conocen?

—¿Que si lo conocemos? Es un médico científico, ha estado

siguiéndonos durante años... es el peor, el más cruel... el más persistente de todos *los otros*.

—Él solo ha acabado con más de treinta anticientíficos —agregó Marino—, se hace pasar por cualquier cosa para lograr su cometido. Una vez se disfrazó de cantante española para encontrar a los antimúsicos investigadores de las notas ultrasónicas.

—Y eso no es nada —intervino Mariano—, aprendió sueco solamente para hacerse amigo de los anticientíficos de Estocolmo y deshacer su Instituto especializado en serpientes mamíferas.

Una nube de tragedia parecía flotar sobre el salón. Salvatore se irguió en su silla para dar instrucciones.

—Aventino está muy cerca de aquí, así que procuraremos no salir a la calle por ahora, seguramente nos está siguiendo el rastro con los demás compradores de libros. Por protección, hay que cerrar la tienda de libros del frente, cubriremos el jardín de tierra y clavaremos todas las ventanas para que el Instituto dé la apariencia de un lugar abandonado. Rudolph, sería bueno que te mudaras con nosotros, no es aconsejable que estemos separados, podemos acondicionarte una recámara en un laboratorio.

—No, no es necesario.

—Claro que lo es... *los otros* son más peligrosos de lo que imaginas, te tocó enfrentarte una mañana con ellos, nosotros llevamos años de lucha.

—Lo pensaré —aseguré finalmente.

Los viejos se retiraron para cumplir las instrucciones de Salvatore, la última en salir fue Graziella quien se acercó para decirme con la más dulce de las voces:

—Quiero felicitarte, a pesar de tu edad has demostrado que eres un verdadero anticientífico, eres genial.

En ese momento, sentí que mis heridas sanaban milagrosamente; por un instante, no me dolió nada y hubiera vuelto a la casa del conde a pelear sólo para oír esas palabras de Graziella.

Pero un nuevo enfrentamiento con *los otros* me distrajo de romanticismos.

Esta vez, la agresión no fue tan directa, en realidad fue un desencuentro. Ocurrió tres días después, cuando regresé a la pensión después de preparar la comida en el Instituto de Anticiencia. En cuanto me acerqué vi algo extraño, los huéspedes estaban en el patio discutiendo, y la portera barría afanosamente de un lado a otro. Al cruzar la puerta se hizo un silencio sepulcral, la portera se abalanzó sobre mí.

—Creí que no vendría después de lo ocurrido —dijo, furiosa.

—¿De qué habla?

—¿De qué hablo? —le brotaban chispas de los ojos—, de que no quiero gente de la *Cosa Nostra* en mi pensión, eso es de lo que hablo.

Todos me miraban con una mezcla de odio y temor, algunas mujeres lloraban, a otras se les adivinaba el deseo de golpearme, un hombre apartó a sus hijos para que no me vieran, hasta los perros chihuahueños parecían gravemente indignados con mi presencia.

—¿Pero qué está pasando?

—No intente hacerse el inocente —bramó la portera—, debí sospecharlo. Desde que llegó con ese aspecto tan raro, no podía ser nada bueno y ahora veo el resultado: mi pensión ha sido ultrajada.

En ese momento me di cuenta del desorden que había en el piso: vidrios rotos, sábanas llenas de tierra, plumas, mesas despatarradas; era como si hubiera entrado un ciclón a la casa.

—Me interrogaron, cosas absurdas, imagínense, me acusaron de ser un neofísico nuclear —dijo un viejo que vendía billetes de lotería.

—Eso no es nada —comentó una maestra pensionada—, querían que confesara que yo era bacterióloga.

—A ustedes sólo los interrogaron, en cambio a mí me quitaron todos mis libros y revistas —chilló una vieja actriz de radionovelas—, hasta las recetas de mi abuela se llevaron para analizarlas, unos locos, unos brutos, eso es lo que son.

Las miradas volvieron a mí, con odio reconcentrado.

Antes de que alguien diera la orden de comenzar el linchamiento, me defendí:

—¿Pero qué tengo que ver yo en todo esto?

—¿Y todavía lo pregunta? —exclamó la portera—, dejaron un mensaje en su cuarto. Menos mal que no fue dentro de un ataúd, he oído que así acostumbran los mafiosos dejar sus mensajes.

—Y también ponen cianuro en las bebidas —agregó la vieja actriz.

—Eso es para liquidar a los traidores —le explicó la maestra—, lo sé porque mi marido, que en paz descanse, tuvo un hermano que murió así.

Mientras los huéspedes comentaban alguna característica horripilante de los mafiosos, yo subí a mi cuarto. Lo encontré totalmente desordenado; los restos de mi ropa y libros se confundían con el relleno del colchón y los muebles estaban de cabeza. Por fortuna no se habían llevado nada de valor, las fotografías del mensaje enlatado las tenían los anticientíficos, y mis documentos y dinero siempre los llevaba conmigo en una bolsa detrás del cinturón.

Después de revisar mis pertenencias y convencerme de que faltaban todos mis libros y dos toallas, encontré el famoso mensaje en el espejo del baño. Estaba escrito con pasta de dientes, decía amenazadoramente:

¡Los encontraremos!

Decidí irme ese mismo día de la pensión. Les pedí una disculpa a los inquilinos por los daños y como gesto de buena voluntad les entregué todo mi dinero; no era mucho y exigieron que les diera también mis maletas y una medalla de plata que usaba desde pequeño.

Salí por la puerta lateral que comunicaba con patios de otras casas, era lo mejor, sabía que *los otros* estaban vigilando la entrada. Para despistarlos tomé un taxi, bajé, me subí a un autobús, luego caminé entré a un mercado y me subí a otro taxi que me llevó hasta el Instituto de Anticiencia. El viaje me costó el resto de mi dinero, pero sirvió; por lo menos nadie me había seguido.

Mi relato sobre el desorden de la pensión causó un pequeño ataque de pánico entre los anticientíficos.

—Están cerca de nuestro rastro, tendremos que huir —dijo Marino al borde del llanto histérico.

—Tranquilos —dijo Salvatore, como siempre dominando los ánimos—. Si fueron a la pensión de Rudolph fue porque pensaron que allá estaba el Instituto, así que realmente desconocen nuestra verdadera ubicación y tenemos tiempo para preparar la salida, ¿cuánto dinero hay reunido para la expedición de rescate?

Graziella, que era la tesorera, sacó un cuaderno donde anotaba todos los movimientos de gastos del Instituto; en total, no completábamos ni para el transporte a Nueva Guinea, mucho menos para construir una nave ovológica.

—Bien, no hay que desesperarse —repuso Salvatore—. ¿Qué respuesta tenemos de los demás Institutos Anticientíficos de Europa?

—Nada favorables —respondió Graziella, sin poder ocultar su decepción—, a pesar de que les mando constantemente correspondencia sólo me ha contestado el Instituto de Grecia, y me avisó que no pueden ayudarnos; han quebrado y acaban de vender su local para hacer una heladería.

Todos guardaron un minuto de silencio, en señal de luto.

—Pero eso no es posible —suspiró Genovevo—, hay muchos otros Institutos. Seguramente les da miedo escribir, podrían pensar que se trata de una trampa, si nosotros recibiéramos una carta tampoco la contestaríamos fácilmente.

—En eso tiene razón —dijo Mariano, apoyándolo—, sería bueno ir personalmente a París, allá está el Instituto Anticientífico más grande, completo y rico del mundo, allá nos pueden ayudar.

—Un edificio completo, de cinco pisos... —agregó Genovevo, entusiasmado.

—¿Pero hace cuánto que no tenemos comunicación con París? —preguntó Salvatore.

—Hace diez años que dejamos de tener contacto —le respondió Genovevo, triste.

Graziella no dejó que volviera a decaer el ánimo:

—Debemos ir, tenemos dinero suficiente para comprar los pasajes de tren. No olvidemos nuestra misión, no podemos perder más tiempo, allá abajo están mis padres esperándonos, es su vida, nuestro futuro, el futuro de la humanidad.

Un ambiente de aprobación general cruzó la sala, me sentí verdaderamente compenetrado, odiaba a *los otros* como a nadie en el mundo y quería a los anticientíficos como a la familia que tanto me hizo falta.

Y empezamos a hacer maletas, a empaquetar regalos para nuestros colegas parisinos (no había que olvidar la buena educación ni con las prisas). Yo me encargué de preparar la comida para el viaje, Salvatore distribuyó manuales de francés para los que lo necesitaran y Genovevo reunió todos los objetos que podríamos empeñar.

Pero si nosotros trabajábamos todo el día, nuestros enemigos lo hacían toda la noche; se movilizaron de tal manera que descubrieron nuestro escondite.

La tragedia ocurrió dos días más tarde: cuando los gemelos estaban lavando ropa de viaje en la azotea, vieron dos camionetas blancas estacionándose frente al Instituto.

La noticia nos tomó por sorpresa, nadie estaba preparado para una visita tan repentina. Antes de que la neurosis se apoderara de todos, Salvatore ordenó que se efectuara el "plan uno". El dichoso plan era bastante simple: consistía en guardar silencio y escondernos para dar la apariencia de que el edificio estaba abandonado desde hacia tiempo.

El escondite se encontraba en el laboratorio de disección de cartílagos, un pequeño cuarto escondido detrás de la cocina. El lugar ya estaba preparado para servir como refugio para cualquier tipo de eventualidad (desde una guerra nuclear a una requisa de auditores de impuestos), y guardaba tres garrafones de agua, siete paquetes de carne seca, colchones de pluma y un costal con velas.

Estuvimos diez minutos dentro del escondite cuando empezamos a oír que tocaban a las puertas del Instituto, puertas que, evidentemente, nadie les abrió. Insistieron un buen rato, hasta que se cansaron.

—¿Se habrán ido? —preguntó Mariano cuando ya no se oía nada.

—No creo, *los otros* no se dan por vencidos tan fácilmente —le respondió Salvatore.

Como eco a sus palabras se escucharon de nuevo golpes, eran verdaderos tronidos sobre la puerta principal, seguramente usaban bastones de hierro. Oímos claramente cómo la madera vieja se hizo palillos y se reventaron las bisagras. Un ejército completo entró a la sección de novelas usadas.

—Están en el área de la caja —murmuró Genovevo, que conocía perfectamente la casa y todos sus ruidos—, ojalá sólo miren y se vayan.

Pero nuestras visitas no parecían tener esa noble intención pues escuchamos cómo hojeaban libros para luego tirarlos al piso, junto con las mesas, los estantes y el mostrador.

Nos apretamos unos contra otros y Mariano y Marino, que se ufanaban de su ateísmo, comenzaron a rezar.

—No nos pueden hacer esto —murmuró, enojada, Graziella.

—Calma, hija, ya se van —le dijo al oído Salvatore.

—Pero no es justo —se le humedecieron los ojos de coraje.

Luego del destrozo, que debió durar unos quince minutos, vino la calma, para después dar paso a extraños chirridos.

—¿Qué pasa? —le preguntamos a Genovevo.

—Acaban de descubrir la entrada a la biblioteca, están abriéndola con taladros.

El corazón nos dio un vuelco.

—No, no se atreverán —murmuró Graziella entre dientes.

Pero nuestras opiniones les importaban un rábano, oímos cómo rompieron la cerradura de la puerta metálica de la biblioteca, esta vez no hubo tiradero de libros o muebles, sólo un extraño murmullo, como granizada.

—¿Qué es? ¿Qué están haciendo? —preguntó Graziella, impaciente.

Genovevo no se atrevía a abrir la boca, gotas de sudor le corrían por la cara.

—Creo... no, no es posible, pero parece que están quemando la biblioteca.

Al oír esto Graziella se incorporó, fue a la puerta del laboratorio para salir.

—No permitiré que hagan eso...

—Graziella, hija, regresa —le gritó Salvatore.

Pero su coraje era más fuerte que la prudencia. Graziella corrió a la biblioteca, la seguí.

La escena era terrible: en medio del espeso humo blanco, se encontraba el conde Luchino (o Thomas Hillinger, según el caso), dando instrucciones a su ejército de gigantones para que rociaran gasolina en todos los niveles de la biblioteca.

El incendio ya había comenzado en Ciencia General, y Matemáticas Aplicadas era una antorcha.

—Vámonos de aquí, Graziella —la tomé del brazo.

Pero ella no se movió, sus músculos estaban tensos, le invadía la rabia.

—No, no me iré, no voy a permitir que hagan esto.

Los viejos llegaron agitados, tosiendo por la humareda. Genovevo se quedó petrificado ante el espectáculo, Marino y Mariano comenzaron a llorar lagrimones de ceniza.

—Plan dos, rápido —murmuró Salvatore.

Eso significaba salir del Instituto y escondernos en un refugio externo; en el patio trasero había un sótano de la época de los bombardeos, estaba oculto bajo una capa de hierba.

—No, no vamos a huir —dijo Graziella—, haremos el plan tres.

La miraron, no existían más planes.

—Defenderemos lo nuestro —explicó.

—Querida, eso es imposible, somos viejos, ellos son más que nosotros, no podemos exponernos —intentó convencerla Salvatore.

—Yo soy joven, Rudolph también, podemos atacarlos.

Me volteó a ver, sólo atiné a asentir.

—Ustedes vayan afuera, al refugio, nosotros nos quedaremos aquí.

Graziella me hizo una seña para que la siguiera, fuimos al salón de estudios.

Como bien recordaba, había muchas cosas, pero no creo que las lombrices secas o el herbario medicinal nos fueran de ayuda en ese momento.

—¿Tienen armas? —pregunté.

Graziella lo ignoraba, así que empezamos a abrir cajones, sólo había recuerdos del mundo, postales, ardillas disecadas. Lo más cercano a un arma que encontré fueron dos abrecartas de marfil... Me entró la desesperación, era una locura, nunca podríamos enfrentarnos a *los otros*, intenté disuadir a Graziella.

—¿No sería mejor si escapáramos? Digo, después de todo sólo son libros.

Me miró como si yo fuera el mismísimo Hillinger.

—¡Cómo te atreves a decir eso! ¿Libros? Allí adentro hay vidas dedicadas a la investigación, allí están todos los secretos del mundo, millones de vidas dependen de esos conocimientos.

No dije nada más, tenía razón y hasta me avergoncé; si había llegado la hora de mi muerte, ni hablar, la aceptaba, era por una causa justa.

Graziella encontró en un estuche de terciopelo unos arcos y flechas amazónicas, tenían vistosas plumas y pedrería y más que armas aborígenes parecían instrumentos hechos especialmente para turistas.

—Ojalá esto sirva.

Me dio un arco y un atado de flechas.

—Dispara al cuello, con que rebanes una arteria está bien.

Apenas y pude sostener el arco, me empezaron a temblar las manos, sabía que me dirigía a mi muerte.

Cuando regresamos a la biblioteca, el incendio se había expandido con una velocidad prodigiosa; del departamento de Historia sólo quedaban ruinas ennegrecidas, Economía y Medicina se encontraban sumergidas en un manto de fuego; cientos de páginas sueltas revoloteaban hacia el techo, impulsadas por las olas de aire caliente. Parecía una cascada de papel picado, una fiesta en el infierno.

En el pasillo secreto nos topamos con los viejos, habían decidido quedarse, llenaban baldes con agua y sacaron los extintores de nieve carbónica.

Graziella corrió entre las llamas y se trepó al departamento de Ciencias Marinas, de ahí escaló hasta la última subdivisión de Cultivo de Almejas, adonde todavía no llegaba el fuego. Yo la seguí en un desesperado intento por protegerla.

El doctor Thomas Hillinger, al vernos, ordenó el cese de derrame de gasolina.

—Basta, basta, no les hagan nada —les gritó a sus gigantes, que se acercaban para arrojarnos combustible.

—Largo de aquí —le gritó Graziella, empuñando una flecha.

—¿Qué vas a hacer, una exhibición de puntería? —sonrió el doctor Hillinger.

No lo hubiera dicho; Graziella disparó y si el doctor no se agacha le saca un ojo. Los gigantones olvidaron las órdenes y empezaron a subir por nosotros, les arrojamos una lluvia de flechas de fantasía, acertamos a algunos dedos.

—¡No, alto, alto! —gritó el doctor, furioso.

Los tipos regresaron lamiéndose las heridas.

—No vinimos a derramar sangre —dijo el doctor Hillinger—, vinimos a negociar.

Graziella le señaló la biblioteca, convertida en horno.

—¿A esto llamas negociar?

—No, no me entiendes querida, pensé que no había nadie.

—¿Y por eso destruiste nuestros libros?

—Les estoy haciendo un bien, créanme.

—Si no sales inmediatamente de aquí, no respondo —le amenazó Graziella.

—No, querida, ahora que los he encontrado no saldré hasta hacerlos entrar en razón.

Comenzamos a disparar de nuevo, el doctor y sus hombres se escondieron debajo de un escritorio.

Cuando pasó el peligro (se nos acabaron las flechas), salió el doctor, estaba realmente enojado.

—Son unos necios —dijo furioso y tomó un galón de gasolina para arrojarlo a nuestros pies.

En ese momento comprobé la teoría de Salvatore acerca de las reacciones químicas, el galón que había tomado el doctor tenía una perforación de flecha amazónica, una pequeña herida de combustible, que, al hacer contacto con una flamita, convirtió al doctor en una brocheta asada.

Su ejército lo rodeó de inmediato, a alguno se le ocurrió cubrir al doctor con una cortina y eso detuvo la combustión, se lo llevaron rápidamente, dejando a su paso un horrible olor a chamusquina. Lo subieron a una de las camionetas blancas y, antes de irse, volcaron los galones de gasolina.

Nuestro intento de controlar el incendio fue como querer apagar al Sol con una cubetada de agua, las lenguas de fuego lamieron con voracidad los estantes, el departamento de Radiotecnia contagió al de Astronáutica y éste contaminó al de Nutrición. Hidráulica fue la primera en derrumbarse, le siguió Mineralogía y Zoología; el departamento de Música fue el que ardió con mayor furia, supongo que por la cantidad de carretes de cinta magnética que guardaba. En hora y media el árbol del conocimiento terminó convertido en un montón de leña consumida.

La escena era deprimente, como después de una bomba atómica, donde nada queda en pie más que ceniza y dolor.

Entre los rescoldos, Salvatore buscaba afanosamente, con la esperanza de rescatar algo; Genovevo abrazaba unos libros chamuscados al lado de lo que fue su máquina registradora, y Mariano y Marino no podían dejar de llorar.

Graziella estaba en el jardín, sentada en una banca de piedra, todavía sostenía el arco en las manos.

—Fuiste muy valiente —le dije sacudiéndole la ceniza del pelo.

—Pero no pudimos detenerlos —se le quebró la voz—, lo hemos perdido todo.

—Absolutamente todo... —corrigió Genovevo desde su lugar.

—Esto no es nada —dijo Salvatore en un inútil intento de levantarnos la moral—, las luchas entre *los otros* y los anticientíficos han sido muy violentas, en la última Convención de Ginebra, en 1899, se atacaron con pistolas cargadas de ácido muriático. Eso sí fue violento, imagínense, trescientos hombres encerrados en un salón de eventos disparándose ácido.

No quise imaginarlo, por el contrario, en ese momento deseaba pensar en otra cosa, en algo simple, tranquilo. ¿Por qué las cosas no podían ser más fáciles? ¿Por qué no juntar las ciencias en vez de dividirlas?

Abracé a Graziella, ella comenzó a llorar en silencio, le di unas palmadas en la espalda y le sequé las lágrimas con la manga de mi camisa. Pensé que la ocasión lo ameritaba y estuve a punto de darle un beso; sorpresivamente, ella se me adelantó: me besó en la frente; no lo hizo como se besa a un enamorado, sino a un hermano.

—Tú también eres muy valiente, ¿lo sabías? —sonrió.

Ese día nos fuimos a París. Ni siquiera pudimos lavarnos el hollín de la cara, ni envolver los regalos; era imposible permanecer un minuto más en Roma, quizá *los otros* mandarían refuerzos en cualquier momento.

Recogimos lo recogible y nos dirigimos a la estación de trenes. Compramos un enlace directo a París en primera clase. Tal vez fuera un derroche, pero no viajaríamos deprimidos y encima de eso incómodos durante veintiún horas.

Nos repartimos en tres gabinetes, a mí me tocó con Marino y Mariano; estaban tan tristes que no pararon de llorar el resto del viaje, era un sollozo seco y espaciado, como piar de pollitos.

Con tales acontecimientos, no pude evitar sentirme culpable: si yo no hubiera llevado el mapa enlatado, ninguna tragedia habría ocurrido, no se hubiera quemado la biblioteca, ni convertido el doctor Hillinger en estofado. Pero, claro, tampoco hubieran descubierto el éxito de la investigación del doctor Udolfo y Valeria Cavalli.

De lo que sí estaba seguro era de que ese rescate se estaba convirtiendo en una pesadilla, y las víctimas parecían estar mucho más seguras allá abajo que los rescatadores acá arriba.

Lo único que me consolaba es que había decidido confesarle a Graziella mi amor de una vez por todas.

6 *Encontrando amigos*

POSIBLEMENTE no era muy oportuna una declaración amorosa considerando la magnitud del desastre apenas ocurrido. Pero mi corazón se había vuelto demasiado imprudente en comparación con mi cerebro, que nunca me había dado problemas.

Tampoco se lo diría de buenas a primeras, no era tan tonto, esperaría un momento propicio, posiblemente cuando los viejos se durmieran.

Vana esperanza, porque nadie pegó el ojo en todo el viaje. Los anticientíficos estuvieron particularmente achacosos, cuando no era el dolor de huesos era la migraña o la úlcera, incluso la carraspera y los vahídos. Graziella no paró de repartir aspirinas y tazas de té caliente.

Como a eso de las cuatro de la mañana, en el trayecto de Milán a Berna, se intensificó el frío. Graziella fue a la sección de equipaje para sacar los suéteres y cobertores, me ofrecí para ayudarle.

El departamento de las valijas estaba en una sección intermedia del pasillo, más o menos privada: era el lugar ideal para decirle lo que había estado repasando una y otra vez (que si quería ser mi novia).

Para merodear el terreno comencé con una pregunta, si bien atrevida, no muy comprometedora.

—Oye Graziella —dije como quien no quiere la cosa—, quería preguntarte... ¿alguna vez has tenido novio?

Me volteó a ver extrañada.

—¿Novio?, qué pregunta... —guardó silencio, confundida—,

Lorena Moreno Cot.

79

no, los chicos en general son muy tontos, no les gusta leer y creen que por ser mujer no debo pensar.

Se puso a cerrar las maletas y desdobló los cobertores, intentó cambiar de tema a propósito del frío de los Alpes, pero yo no estaba tan dispuesto a que mi oportunidad se desperdiciara, así que volví a atacar.

—¿Crees que yo soy tonto?

Me miró e inmediatamente sonrió.

—No, tú eres mi preferido, eres inteligente.

Ahora venía mi golpe mortal, preparé la más lastimera de mis voces para preguntar:

—¿Crees que yo podría tener una novia?

—Claro, cuando crezcas —me acarició la mejilla—, tendrás una chica estupenda, ya verás.

¿Cuando crezcas? ¿Qué respuesta era ésa? Pero por favor, yo era un adulto, un guerrero, me había enfrentado con un ridículo arco al más temible de los villanos, había sobrevivido a persecuciones, a incendios, ¿qué esperaba esa mujer? ¿Que me salieran canas? ¿Que cumpliera setenta años para ser mayor de edad? Y si era por la estatura podría ponerle el ejemplo de Napoleón; que yo sepa ninguna mujer lo despreció, ni sus enemigos se negaron a pelear a causa de su pequeña estatura.

No pude mencionarle mi ejemplo; al otro lado, en los gabinetes, los viejos comenzaron a toser.

—Basta de charlas —dijo apurada— hay mucho que hacer.

Y siguió atendiendo a los viejos durante el resto del viaje.

Pero no me daría por vencido, volvería a la carga, no sabía cuándo, pero lo haría. Así fuera lo último que hiciera, de eso estaba seguro.

Después de 1 110 kilómetros y de casi un día completo de viaje, llegamos a París. Eran las seis de la noche, oscurecía.

Debo confesar que la visión de la ciudad me impactó tanto o más que Roma. El otoño comenzaba a desnudar los árboles y a pintar las calles de marrón, provocando una atmósfera de postal.

Al parecer, yo era el único impresionado, ninguno de los viejos admiró los monumentos, que parecían salir de un delirante escenario de teatro; nadie se fijó en los palacios adornados con gárgolas y quimeras; nadie opinó de los templos góticos como Sainte-Chapelle, con sus torres rematadas en agujas; nadie dijo nada del espacioso boulevard de Strasbourg o de la espectacular avenue Foch, con sus edificios derramando lujo; nadie me explicó nada, todos estaban cansados y lo único que les importaba era llegar al Instituto parisino de Anticiencia para descansar y, claro, para conseguir apoyo y dinero.

Según lo que había oído, el Instituto de París era uno de los más afamados a nivel mundial, estaba en un edificio de cinco pisos, cerca del Champ de Mars, famoso terreno de entrenamiento militar, frecuentado por los navegantes aéreos de globos aerostáticos.

En un extremo del campo se encontraba el edificio de cinco plantas, incluía los más completos laboratorios de termodinámica y el famoso Salón de las Anticiencias, copia del Pavillon de Flore del Museo de Louvre; pero en lugar de gloriosas esculturas de la Primavera, las figuras del salón representaban a cada una de las materias de la anticiencia. En ese salón se realizaban precisamente seminarios y grandes simposios anticientíficos, fueron muy famosos los de 1889 y 1900 (junto con las exposiciones universales).

Desde 1934, el Instituto de París tenía como presidente a una mujer, Bianca Rosa Savacedo, notable investigadora, famosa también por su voluptuosa belleza mulata; era originaria de Manaos, Brasil, y se consideraba como la más completa especialista en investigación zoológica.

Decían que estaba tan dedicada a los animales que terminó casándose con un mandril, quien no sólo fue buen esposo, sino que lavaba muy bien los trastes y ayudaba en casa. Desgraciadamente murió al ser atropellado mientras se dirigía a comprar el periódico deportivo; pero de eso no se sabía mucho a ciencia cierta, todo era parte del misterio que envolvía a los anticientíficos.

Nos tomó casi una hora de viaje en taxi llegar a nuestro destino, el Champ de Mars. Estaba cercado por remozamiento, al igual que algunos fabulosos edificios de alrededor, que sanaban de tiempos de guerra. El taxi se detuvo en la construcción más sombría de la rue St. Dominique, una vieja fachada que parecía cualquier cosa menos un lujoso edificio de anticiencia; en realidad era un gran cascarón abandonado, las ventanas tenían cartones y tablas, la pintura hacía tiempo que se había desvanecido y los adornos de yesería escurrían como costras sobre las paredes.

—¿No nos habremos equivocado de domicilio? —preguntó Genovevo sin poder ocultar su desconcierto.

—Aquí es... estoy seguro —confirmó Salvatore.

—Tal vez esté abandonado —murmuró Marino.

—O lo destruyeron *los otros* —agregó Mariano.

La mejor forma de salir de dudas era entrar, cosa que fue relativamente fácil; la puerta no tenía cerradura y estaba sujeta con cordeles y alambres.

Entramos a un amplio pasillo en penumbras: en un extremo, había un pesado escritorio cubierto de polvo y encima velas recién consumidas (por lo que se deducía que el lugar no estaba totalmente abandonado); al fondo se divisaba un elevador de rejilla.

Avanzamos a tientas hasta el elevador, alrededor del cual se enroscaba una escalera sin barandal. Estábamos a punto de subir cuando escuchamos unos pasos que bajaban hacia nosotros.

—*Bon soir...* —dijo Salvatore en su mejor francés.

Como respuesta recibimos una ráfaga de disparos que nos obligó a tirarnos al piso.

—¡Es una emboscada! —gritó Marino—, ¡una trampa!

Los fogonazos provenían de las escaleras, no era un grupo de exterminio, como pensamos en un primer momento, sino un francotirador; su silueta se marcaba a contraluz junto con el rifle que tenía en las manos.

Me arrastré hacia la escalera y le tomé de un pie, lo jalé con fuerza hasta tirarlo, rebotó en los escalones. Aprovechando su desconcierto le quité el arma, de inmediato se acercaron Marino y Mariano para ayudarme y en un momento ya lo habíamos inmovilizado. El agresor comenzó a gritar, con voz chillona, decenas de maldiciones en portugués.

—¡No, alto, déjenla! —gritó Salvatore.

Lo miramos confundido.

—Es ella.

—¿Cómo?

—¡Es Bianca Rosa Savacedo!

La soltamos, corrió hacia la pared como animal apaleado.

No era para nada la mulata de fuego que me describieron, ésta era una mujer obesa vestida con una gabardina raída; tenía un ligero bigotillo, piel manchada y cabello gris; los ojos eran el único vestigio de su belleza: muy verdes, nos miraban con la furia de un gato montés.

—¿Bianca Rosa, eres tú? —le preguntó Salvatore.

Al oír su nombre nos miró asustada.

—¿No te acuerdas de nosotros? Soy Salvatore.

La mujer realizó algunas lentas conexiones en su cerebro, tardó un momento, hasta que se le iluminaron los ojos.

—¿Salvatore Vezza?, creí que habías muerto —dijo con una voz ronca, llena de heridas.

—No, mírame, estoy bien —señaló a los demás viejos—, ¿te acuerdas de ellos, de los anticientíficos de Roma?

Los miró, las neuronas de su cerebro reaccionaron esta vez más rápido.

—Genovevo, Marino, Mariano, no puedo creerlo —suspiró, abrazándolos. Luego se dirigió a Graziella y le estudió la cara como si mirara un mapa, hasta que encontró las coordenadas.

—Tú debes ser la hija de Udolfo y Valeria, pero qué grande y bonita, casi tanto como tu madre.

Al único que no abrazó fue a mí, me miró con rencor (después de todo yo la había tirado).

—¿Y éste quién es?

—Es Rudolph Green —explicó Salvatore—, un joven y valiente anticientífico.

—¿En verdad? —me miró con desagrado.

—Él nos trajo la mejor noticia de los últimos mil años —agregó Genovevo— un mensaje de los Cavalli.

—¿Los Cavalli? Pero ellos desaparecieron.

—No, no fue así... lograron su objetivo.

Salvatore le hizo un resumen de la historia desde mi llegada a la biblioteca de Roma hasta la persecución de *los otros*, le mencionó la conclusión a la que habían llegado: los Cavalli no sólo habían logrado detener el nacimiento de la bestia, sino que de alguna manera (todavía inexplicable) se encontraban con vida. Bianca Rosa escuchó atentamente, se le notaba una mezcla de alegría y desazón, al final del relato se quedó un rato en silencio.

—Es una buena noticia —dijo finalmente— pero han llegado demasiado tarde, aquí no hay nadie para celebrar, todos los anticientíficos abandonaron el Instituto, sobre todo durante la guerra, pensaron que era a causa del nacimiento de la bestia. La vida aquí ha sido muy dura, tengo que pelear con el gobierno, que quiere derrumbar el edificio, los *clochards* y vagabundos quieren quedárselo, dicen que es un lugar muy grande para mí, algunas veces han entrado a robar, no pueden llevarse mucho porque en la ocupación lo saquearon varias veces. Yo me quedé aquí, defendiendo lo que queda, es poco pero valioso.

Tomó un cerillo y encendió lámparas de gas, pudimos ver con claridad el lamentable estado del Instituto, las alfombras estaban convertidas en harapos y la tubería había estallado pudriendo todo a su paso.

El Instituto de París, como el resto de los Institutos Anticientíficos, se concentraba en una materia, en este caso era la nubología o explotación y usos múltiples de las nubes; se estudiaban todo tipo de nubosidades desde los *estratos* a los *cirros*.

La nubología, según me explicó Bianca Rosa cuando me tuvo más confianza, se especializaba en los usos prácticos de las nubes, el más común era el eléctrico, pues las nubes son unos verdaderos generadores de electricidad; si se pudiera utilizar la energía de un relámpago mediano (de unos 700 megavatios de potencia) se podría abastecer de electricidad durante medio año a una ciudad del tamaño de Rouen. Para aprovechar la electricidad de una tormenta, los nubólogos diseñaron varios "picanubes", unos dispositivos de quince metros de alto para colocar en las azoteas de las casas; esta especie de pararrayos absorbería la electricidad de las nubes para guardarla en acumuladores y obtener electricidad para la casa durante un tiempo indefinido.

Pero no solamente electricidad se podría sacar de las nubes, pues en realidad son enormes bodegas de agua evaporada; los nubólogos idearon inyecciones especiales para rociar a las nubes y formarles capas retardadoras de precipitación, lo cual permitiría que la nube se mantuviera intacta durante una semana. Esto sería ideal para alejarla de zonas con inundaciones y transportarla a algún lugar de sequía.

Las inyecciones químicas dieron grandes ideas a los nubólogos. André Prevost elaboró la idea de construir "parcelas núbicas"; gracias a la humedad, al sol permanente y a la pureza de aire que prevalece en las nubes se podrían sembrar calabazas, zanahorias, coles y maíz; claro, se abonaría antes la nube, para evitar su desintegración y formar así una materia ligera y algodonosa, ideal para la cosecha. Al momento que los alimentos estuviesen listos podrían transportarse a las "bodegas núbicas", o sea a nubes de nieve o granizo. Este plan era ideal para los países de poco terreno cultivable o con sobrepoblación y escasez de alimentos.

Pierre Adolphe, un nubólogo reconocido, elaboró un plan aun más descabellado: la construcción de nubes tripuladas; si una nube puede cargar miles de litros de agua, ¿por qué no podría cargar, digamos, unos setecientos pasajeros? Adolphe construyó un diseño de nubes con timón y velas, aunque no le alcanzó el tiempo para hacer su primer vuelo en nube de París a Nueva York; murió de una caída en la escalera de su casa.

Pero de todas aquellas fascinantes teorías no quedaba gran cosa en el Instituto de París. Bianca Rosa nos mostró el que fue el laboratorio principal, extrañas e indescifrables máquinas yacían despanzurradas en el piso, carcomidas por el abandono; eran parte de la fábrica de nubes sintéticas que se pensaba construir antes de que el centro fuera abandonado.

—Éste es uno de los Institutos mejor conservados —presumió Bianca—, en Bruselas no queda ni un ladrillo, el Instituto de Londres fue desmantelado y lo escondieron tan bien que ni ellos mismos saben dónde quedó, la guerra de España arrasó con los Institutos de Madrid y Valencia. Aquí vivieron un tiempo algunos anticientíficos españoles, eran gente asustadiza. Uno esperaba que en cualquier momento se disolvieran como humo y, de hecho, en un día de nevada salieron y no los volví a ver.

Nos fue enseñando los restos del Instituto; la biblioteca estaba vacía, también la habían saqueado para quemarla, no como ataque a la anticiencia, sino para hacer fogatas durante los despiadados inviernos.

Del famoso Salón de las Anticiencias quedaba únicamente el recuerdo, vi montones de piedra en el piso, supuse que eran los restos de las esculturas anticientíficas; el legendario techo abovedado con incrustaciones en oro era ahora una cúpula desnuda, rascada hasta los huesos.

Al terminar de recorrer aquel cadáver de edificio, la pregunta era vital: ¿de dónde sacaríamos fondos para la expedición?

Bianca Rosa nos confesó que lo único que tenía era un paquete de vales de racionamiento de comida (vencidos), tres cucharas de plata, collares elaborados con semillas secas que no tenían ningún valor fuera del nutricional y unos doscientos francos, que no servían de gran cosa.

Estábamos pues exactamente igual que al comienzo.

Fueron días bastante deprimentes. No teníamos comida ni dinero, ni siquiera buenas ideas. Los viejos se reunían para hacer planes económicos de rescate, pues ahora resultaba imposible construir una costosa nave ovológica.

Cada propuesta parecía más improbable que la anterior. Mariano planeó construir un túnel de aluminio hasta llegar con los oceanonautas pero al calcular el costo de once kilómetros de metal desistió de su idea; Genovevo sugirió enviar dos barriles de plomo para que el doctor Udolfo y la profesora Valeria se enlataran y subieran de este modo a la superficie, pero Salvatore le previno acerca del peligro de esta propuesta: si los barriles se rompían, podrían llegar convertidos en masilla.

Graziella estaba desesperada, Salvatore intentó calmarla:

—No te apures, querida, si tus padres han esperado quince años, ¿qué importancia tiene otro par de años más?

La única que entendió la angustia de Graziella fue Bianca. De inmediato se habían hecho amigas pues tenían muchos temas en común. Conforme más interrogaba a Bianca, Graziella sabía más de sí misma, conoció incluso secretos de mujer que ella nunca había imaginado al vivir en un mundo de hombres.

Durante esos primeros días no pude acercarme de nuevo a Graziella; de alguna manera se me había extinguido el valor para declararle mis sentimientos. ¿Y si me rechazaba? ¿Cómo iba a soportar la vida con una decepción amorosa?

Decidí esperar una semana, mientras me preparaba física y emotivamente para escuchar la respuesta, cualquiera que ésta fuera.

Esa semana fue mi más grande error.

La presencia de Graziella tomó por sorpresa las calles de París. Al verla, las mujeres se pasmaban de admiración o envidia, y los hombres, seducidos por su sobrenatural belleza, le murmuraban promesas de amor eterno; ella no escuchaba, su mente estaba ocupada en miles de otros asuntos que tenían que ver con la presión oceánica, las corrientes marinas y la elevación lunar.

Cierto día, mientras compraba manuales para construir embarcaciones en el passage du Caire, Graziella se dio cuenta de que la seguía un hombre y pensó que se trataba de un enviado de *los otros*. Le dio tanto miedo que empezó a correr. El hombre la siguió. Para despistarlo, Graziella entró en una tienda de ropa y estuvo merodeando entre faldas y corsetes de hueso de ballena hasta que se hizo de noche. Pero su escondite no sirvió de nada; cuando salió a la calle encontró al hombre, esperándola con un ramito de flores en la mano.

Al verlo de cerca, Graziella se dio cuenta de que no podía tratarse de ningún enemigo. Era un joven regordete y rosado como un bebé, su nombre, Pippo Ceveraux, duquesito para más señas, y sólo quería invitarle una gaseosa; ella aceptó únicamente porque tenía sed, causada por la corretiza.

No debió hacerlo, nunca pudo despegárselo de encima. Pippo la comenzó a seguir por todas partes, le invitaba pasteles, malteadas, dulces, la quería acompañar a su casa, a la esquina, y le aseguraba que la amaba más que a nada en el mundo.

Yo ignoraba todo el asunto dado que en esos días estaba ocupado en los planes de rescate de los padres de Graziella. Lo hacía no tanto por el bien de la anticiencia, sino por el deseo de impresionar a Graziella, de que se fijara en mí aunque fuera de forma científica, profesional.

Propuse la construcción de un telescopio submarino ultrasónico con el fin de rastrear el fondo del mar sin necesidad de sumergirnos. A todos les entusiasmó la idea, aunque seguía sin resolverse el problema principal: ¿cómo sacaríamos al matrimonio Cavalli de su prisión marina?

Ni caso tenía que ocupara mis noches en estudiar la construcción de batiscafos y otras naves acuáticas; estaba a punto de perder a Graziella para siempre.

Dos semanas después de haber llegado a París, Graziella entró enojadísima al Instituto.

—Pero qué descaro, me ha propuesto matrimonio.

—¿De qué hablas, querida? —le preguntó Salvatore, que estaba ocupado lijando unos lentes de aumento.

—Un duquesito me ha atosigado toda esta semana, quiere que me case con él y ni siquiera sabe mi apellido, ¿pero qué tiene en la cabeza? ¿Cáscaras de cacahuate?

Sentí un terremoto, un huracán, una granizada y una mezcla de todo eso. ¿Duquesito? ¿Matrimonio? ¿De qué estaba hablando?

—Dice que me quiere dar todo —exclamó enojada—, como si con ello pudiera ganar mi afecto.

—Cuando dices "todo", ¿a qué te refieres? —le preguntó Genovevo, especialmente interesado.

—Pues no sé, su auto, tiene dinero.

Las miradas se concentraron en ella, Marino y Mariano abandonaron sus dibujos del telescopio. Genovevo se levantó rápidamente de su escritorio.

—¿Dinero? ¿Es rico? —preguntó Marino.

—Rico y tonto —remarcó Graziella, fastidiada.

Se acercaron a ella con ojos brillantes, como moscas delante de un plato de miel. Allí mismo estaba la solución a todos los males, a todos los problemas. Graziella lo leyó en las miradas de los viejos y retrocedió.

—Oh, no, de ninguna manera... no lo haré.

—Pero, querida, no es que quieras, es que es necesario —dijo suavemente Salvatore.

—Todos los sacrificios son pocos para la anticiencia —agregó Mariano.

—Míralo como una ayuda a tus padres —remarcó Genovevo

—Podremos acelerar nuestra investigación. En lugar de años, serán semanas. Podremos construir la nave, rentar el yate, en estas circunstancias lo que importa es la comunidad, no nosotros como individuos —intentó convencerla Salvatore.

Graziella se quedó pensativa, jamás pensó que aquellos molestos pretendientes pudieran ser de ayuda.

—Está bien —repuso firme, aunque con un dejo de tristeza—. Todo sea por la anticiencia.

Se me reventó el corazón.

Todos aplaudieron y la abrazaron, era un gran momento; claro, antes de hacer definitivo el compromiso, había que descartar que el duquesito fuera un espía, y revisar con cuánto dinero contaba. Había que hacerle muchas preguntas. Lo ideal para esos menesteres, según Salvatore, era una cena, durante la cual se le pudiera analizar a fondo.

Yo no felicité a Graziella, ni siquiera me acerqué; un mar de lágrimas empañaron mi vista y enmudecieron mi garganta.

Para evitar una desagradable escena melodramática, corrí al desván del último piso. Allí, entre cariátides romanas y fragmentos de meteoros, di rienda suelta a mi rabia, destruyendo un anaquel con matraces enlamados.

Ya más tranquilo, y apestando a agua estancada, fui a buscar a Graziella; quería hablarle a solas y confesarle mis verdaderos sentimientos.

La encontré en su habitación, remendando su único vestido elegante, que usaría para la cena; en cuanto me vio me invitó a sentarme a su lado. Como de costumbre inicié mi acercamiento con una pregunta.

—Oye, Graziella, todo lo que dijiste... ¿en verdad quieres casarte?

Suspiró.

—Tú ya sabes que no me caso por gusto, es por el bien de la anticiencia.

—Pero si conocieras el verdadero amor... —le sugerí, emocionado— ...a un hombre pobre pero con grandes conocimientos y cariño, que te estimara y respetara más que a nadie en el mundo, si lo llegaras a conocer, ¿de todos modos te casarías?

Miró hacia la ventana; era evidente que nunca se había hecho la pregunta.

—Por supuesto que me casaría —dijo finalmente—. Mi propia felicidad no importa, la satisfacción personal es poca cosa en comparación con el bienestar del mundo entero.

Convencido de que mi amor era menos que imposible, salí deprisa. Mi corazón se había convertido en un pedazo de carne inerte, por cada una de sus arterias supuraba dolor y tristeza, los ventrículos eran pozos de hiel.

Pero no morí como imaginé; entendí que el destino me exigía el más grande de los sacrificios: la anticiencia.

La cena se llevó a cabo al día siguiente (yo la hice: sopa de pan con queso y pollo relleno de menudencias al jerez).

Pippo llegó muy temprano, vestía un traje de alpaca algo estrecho para su voluminosa figura, llevaba el pelo engomado a la Valentino y se había vaciado por lo menos media botella de Jockey Club encima.

Parecía bastante nervioso, y se notaba el esfuerzo que hacía por agradar; trajo flores y chocolates a todos, lo cual conquistó de inmediato a Bianca Rosa, que no había probado golosinas en más de diez años.

Pero los viejos no eran tan fáciles de convencer y, tal como acordaron, analizaron a Pippo como bicho bajo microscopio. Se estudió cada uno de sus movimientos y se desmenuzaron todas sus palabras para ver si había mensajes ocultos; incluso Genovevo le propinó un pisotón al descuido, para probar si se quejaba en otro idioma sospechoso. Pero no, Pippo soportó todos los exámenes hacia su persona, las suspicacias se resbalaron en su grisácea personalidad, y las dudas rebotaron ante su ignorancia científica (no conocía ni el nombre de los dedos de la mano). El dictamen unánime fue que el duquesito era un hombre tonto, sin malicia, y que no había espacio en su cabeza para otra cosa que no fuera Graziella.

En el postre, comenzó la ronda de preguntas.

—¿Tienes mucho dinero? —le preguntó Salvatore a bocajarro.

—Sí, mucho.

Pippo le explicó que era el único heredero de una familia propietaria de treinta resineras, una parte de su fortuna la había recibido a los veintiún años (es decir el año pasado) y la otra parte la administraría el contador hasta el momento de su boda.

—¿Podrías llevarla de luna de miel adonde ella quisiera? —preguntó Mariano.

—Hasta la Luna, si quiere —respondió Pippo, riendo.

—¿Y le comprarías lo que pida? —interrogó Genovevo.

—Por supuesto —la volteó a ver con arrobo.

No había más dudas, aquel tipo regordete y bonachón era el pretendiente perfecto. Se formalizó el compromiso y se fijó el día de la boda para una semana después, mientras se organizaba el viaje de luna de miel.

En mi vida me había sentido más triste, ni siquiera cuando se destruyó el orfanato en un ciclón que azotó la isla; hasta la ciudad de París, tan hermosa y estimulante, me pareció un gran mausoleo: la capital del amor era testigo de mi primer fracaso sentimental.

Y para mayor sufrimiento, el contador Dacombe, un tipo esmirriado y de calva brillosa que llegó buscando a Pippo, tres días antes de la boda.

—¡Pero estás loco, cómo te vas a casar, tienes una semana de conocerla! —le gritó en las puertas del Instituto.

—La amo —dijo Pippo, como si esa respuesta fuera lo suficientemente poderosa e incuestionable.

Pero el contador Dacombe de ninguna manera iba a aceptar aquello como explicación, sacó un papel que le mandó Salvatore con la firma de Graziella.

—¿Ya viste lo que pide tu novia en la lista de regalos? —le agitó el rollo frente a la nariz—. Quiere un yate, y no sólo eso, pide además dos toneladas de titanio y acero, ocho propulsores de gas, acumuladores eléctricos, diez faros de halógeno, noventa tanques de oxígeno, aire comprimido, ciento dos mil litros de petróleo blanco, equipo para soldar, tres barras de oro, quince de estaño y trescientas de plomo...

Seguramente a Pippo también le había parecido extraña la lista, pero Graziella ya le había comentado que tenía algunos caprichitos con la ciencia.

—Ella es muy inteligente, a lo mejor quiere hacer un barco.

—O quiere provocar una guerra atómica. Probablemente estás patrocinando a un grupo de terroristas constructores de bombas. ¿Leíste lo último que pidió? Boletos extra de avión para seis personas. ¿Cuándo se ha visto que se lleva tanta gente a una luna de miel?

—No quiere estar lejos de su familia, siempre han estado muy unidos... no puedo separarlos así como así.

El contador se enjugó el sudor, desesperado.

—Es el colmo y además... Nueva Guinea, ¿qué es eso? Por qué no escogen la Costa Azul, o Tánger si quieren algo exótico?

—Es decisión de ella, quiero que sea feliz.

—Pero... ¿no piensas en ti? ¿En tu dinero?

—Yo la amo.

Ante el obstinado amor de Pippo, el contador se dio por vencido. Al final le sentenció muy enojado:

—Haz lo que quieras, finalmente es tu dinero, tu padre se moriría de nuevo si viera esto... qué vergüenza para la familia.

Y Pippo no se arrepintió.

La boda se realizó según lo estipulado, por el propio Pippo, en Villandry, que es un jardín renacentista con hierbas aromáticas del valle del Loira, en medio de un exquisito escenario de macizos de flores y estanques.

Dicen que asistió poca gente, las tres institutrices escocesas de Pippo, el contador, que no paraba de repetir: "Esto es una locura", y los viejos anticientíficos.

Dicen que la novia estaba tan ansiosa por irse a las islas del Pacífico, que el novio ni siquiera pudo besarla porque acabando la ceremonia ella pidió que regresaran a París para trasladarse al aeropuerto.

Todo eso lo supe mucho después porque yo no fui a la boda.

Fingí un terrible dolor de cabeza pues la verdad es que no me sentía capaz de presenciar un espectáculo tan desgarrador como la boda de Graziella; me prometí no pensar en ella, y concentrarme, de ahora en adelante, en la anticiencia.

La aventura apenas estaba por comenzar.

7 *La nave ovológica*

EL trabajo me hizo olvidar un poco mis fracturas amorosas. Y ahora, con todos los recursos económicos disponibles, nos trasladamos a Nueva Guinea. Habían pasado seis meses desde mi partida; me parecía todo tan diferente, me había vuelto más grande (ya tenía dieciséis años y tres centímetros más), y contaba con amigos y un caudal de nuevos conocimientos, desde importantes materias anticientíficas hasta el amor y la decepción. Me sentía pues como todo un adulto conocedor de la vida.

No visité a mis conocidos, ni siquiera al rector de la universidad ni al editor del *Pacific Sun*, no tenía tiempo. En mi puesto de guía de la expedición, llevé a los viejos al Mercado del Desperdicio para que conocieran el origen de la historia de la lata, y nos instalamos a trece kilómetros de Hau. Encontramos una casa perfecta para nuestra investigación, a orillas del mar, con un pequeño muelle donde se balanceaba el yate rentado.

Gastamos sin ningún complejo de culpa la herencia de Pippo. Contraté en el pueblo a una docena de mecánicos para que nos ayudaran a construir la nave ovológica, y en el mayor secreto hicimos las compras de material; la cuenta ascendió a varios millones de dólares australianos.

La primera planta de la casa la convertimos en vivienda. No tenía muchas comodidades, pero eso nada importaba. La segunda planta se acondicionó como taller; aquí no regateamos medios. Trabajábamos en el taller el día completo, en jornadas de ocho horas cada una.

Genovevo fue el encargado de la construcción del artefacto y rediseñó todo el plan. Se hizo la nave en partes para que ningún trabajador de los que habíamos contratado supiera exactamente qué se estaba haciendo (queríamos guardar el secreto por todos los medios), las piezas las ensamblamos posteriormente.

Se construyó la nueva nave con algunas modificaciones, una estructura más resistente, con un grueso de treinta centímetros y doble pared con compartimento de combustible de flotación; podría sumergirse gracias a cuatro depósitos de lastre con agua, y tenía dos hélices para desplazamiento longitudinal, además de que contaba con cuatro sistemas de comunicación adicionales, entre ellos un hidrófono. También se le acondicionó mi sistema telescópico submarino.

En la nave irían Graziella y Salvatore. Con este fin empezaron un duro entrenamiento. Salían a correr en las madrugadas y practicaban inmersiones en un pozo que se había excavado en el patio con la intención de que se acostumbraran a la presión del agua. Vigilando el proceso desde el yate, Bianca se encargaría de medir la presión, Marino y Mariano vigilarían el radar de trayectoria, Genovevo se ocuparía de la comunicación y yo mediría las reservas de aire.

Un clima de ansiedad y entusiasmo embargaba a todos... menos a Pippo.

No entendía absolutamente nada de lo que estaba pasando. Era la luna de miel más extraña del mundo: su mujer no tenía tiempo para besitos o contemplaciones, se pasaba todo el día soldando láminas de metal y haciendo ejercicios de respiración en la azotea, y Pippo ni siquiera podía salir a la playa pues las arenas pedregosas y rústicas no invitaban al descanso ni a la contemplación turística. Para que dejara de quejarse, Graziella le explicó una versión simplificada de la expedición.

—No entiendo —dijo Pippo al escuchar el relato—. ¿Tus padres están en el mar?

—Sí.

—¿Pero abajo? ¿Naufragaron?

—Podría decirse, por eso quiero rescatarlos.

—Está bien —dijo Pippo sin comprender la dimensión de los hechos—, nada más los sacas y nos vamos a Río de Janeiro para continuar la luna de miel.

Durante la espera, Graziella intentó acercarlo a la ciencia y Pippo, para complacer a su mujer, memorizó decenas de lecciones de las que no entendía ni pizca y comenzó a hablar de la cadena de los aminoácidos con tanto ahínco y errores que Graziella le tomó lástima por su ineptitud científica; más tarde, esa lástima se convirtió en un aprecio vago, como el que se siente por una mascota torpe.

Disminuyó mi odio hacia Pippo cuando descubrí que no era una mala persona, era muy ingenuo y estaba terriblemente confundido. En medio de aquella aventura anticientífica, se acercó a mí con la intención de hacerse de un amigo con quién platicar sus temores.

—¿No te parecen todos muy extraños? —me preguntó cierta tarde, luego de que Mariano y Marino se pusieron trajes de goma porque aseguraban que la brisa marina era dañina para el cuerpo y podía erosionarlo como lo hacía con las rocas.

—Son gente muy inteligente, por lo tanto hacen cosas que no entendemos —le respondí.

Pippo, evidentemente, no comprendió mi respuesta, como no entendía nada de lo que pasaba a su alrededor.

—La que más miedo me da es la vieja —me dijo casi en susurros—, ¿te ha contado acerca de lo que opina de los monos? Es terrible.

A lo que se refería Pippo era a la teoría que había fundado Bianca Rosa. Era una rama de la involución, y según ella el ser humano no era el animal más evolucionado como se pensaba sino que, en realidad, el asunto era al revés: el ser humano era el animal más rupestre sobre la Tierra, y el mono, por el contrario, era el más perfecto. Esto es evidente si comparamos al mono con el hombre: este último es mucho más torpe para vivir sin herramientas, para soportar los cambios de temperatura, su olfato es muy débil, su sentido del equilibrio muy precario, tiene menos resistencia a enfermedades, es en resumen muy inferior, afirmaba. El ingenio del que tanto se vanagloria el ser humano sólo lo ha metido en problemas, y está demostrado que, para vivir, con los instintos basta y sobra.

—¿Es cierto que se casó con un mono? —me preguntó Pippo, intrigado.

—Sí, y parece que hasta tuvieron un hijo —le mentí con la más maquiavélica de mis sonrisas.

Después de esa sonrisa, Pippo lo pensó dos veces antes de volver a molestarme.

Ocho semanas después se terminó la construcción de la nave ovológica, a la que bautizaron como *Nemo II.* El entrenamiento de Salvatore y Graziella se intensificó a tal punto que sólo comían pan y alimentos blandos, pues estaban seguros de que así sentirían menos la presión del fondo del océano. Yo dudaba un poco de la condición física de Salvatore, sus huesitos de gallina no parecían demasiado resistentes.

Liquidamos a los doce mecánicos que ayudaron en la construcción de la nave y se procedió al ensamblaje general. Lo hicimos con cuidado, las piezas encajaron perfectamente, sólo hacía falta una capa de pintura térmica para comenzar con el viaje a las cuencas de las Carolinas.

Pero, como sucede siempre en estos menesteres, una desagradable sorpresa estaba a punto de surgir.

Ocurrió cierta mañana en que regresó Graziella del Mercado del Desperdicio luego de hacer provisiones para la expedición. Llegó agitadísima, con el pelo revuelto y la respiración entrecortada.

—Lo he visto... —jadeó al llegar al portón.

Entró a la casa y la obligamos a que tomara asiento. Mariano le ofreció agua, Marino conectó el ventilador para que circulara el aire.

—Lo vi... —repitió sin poder contener el susto.

—¿A quién, de qué hablas? —preguntó Salvatore, angustiado.

—¡Al doctor Hillinger!

Salvatore le tocó la frente:

—Pero no, querida, no puede ser, él probablemente murió, seguramente te lo imaginaste, fue el sol o el cansancio, hemos trabajado muy duro últimamente.

Graziella se levantó, caminó a la ventana y se asomó a la vereda.

—Lo vi, estoy segura, de alguna manera logró sobrevivir. Lo acompañaban sus hombres, estaba en la sección de harinas y semillas del mercado, usaba un ropaje extraño, como una bata negra, y tenía parte del cuerpo vendado y la cara brillosa por las quemaduras, como si le estuviera saliendo nueva piel, me dio miedo y comencé a correr hacia acá. Es él, estoy segura, es el doctor Thomas Hillinger.

Nos quedamos en silencio. Bianca tomó su rifle, dispuesta a todo.

—¿Pero cómo llegó hasta acá? —se preguntó Salvatore.

—Sólo hay una respuesta —dijo Genovevo con expresión lúgubre—, hay un traidor entre nosotros.

Todos nos miramos con desconfianza.

—Ese traidor debió darle nuestra ubicación, los detalles de nuestro plan —agregó Genovevo—, han dejado que trabajemos para que venga ahora a quitárnoslo todo.

En ese momento se abrió la puerta y entró Pippo, se dirigió a Graziella.

—¿Qué pasó, mi amor? Te oí gritar...

Ni siquiera pudo abrazar a su mujer, se quedó congelado ante el grito de Bianca.

—¡Es él! —chilló, señalándolo.

—¿Qué pasa? —se asustó Pippo.

—¡Eres el traidor, el espía!

—¿El qué?

—Eres el único que no es anticientífico —remarcó Bianca—, el único ajeno a nosotros.

Lo miramos con desconfianza; efectivamente, no tenía nada a su favor.

—Confiésalo, estás descubierto —lo amenazó Genovevo.

Pero Pippo no sabía qué era lo que tenía que confesar. Los viejos se le fueron encima y lo llevaron a una habitación para encerrarlo. A pesar de que lo amenazaron con dejarlo sin comer no confesó nada.

—¿Pero qué está pasando? —gritó detrás de la puerta—. Éste es otro de sus juegos extraños, ¿verdad?

Nadie creyó en los lloriqueos de Pippo.

—Debí imaginarlo, se trata de un actor consumado —exclamó Salvatore, azorado.

Yo tenía mis dudas al respecto: para empezar *los otros* jamás hubieran gastado tanto dinero como lo hizo Pippo para construir la nave ovológica y, además, una estupidez tan genuina como la de Pippo no la podía fingir ni el mejor de los actores. Tal vez el único delito de Pippo había sido amar a Graziella con ciega intensidad.

Ahora bien, ¿quién era el hombre quemado que vio Graziella en el mercado? Yo me inclinaba por la teoría de Salvatore, posiblemente era una confusión, era el cansancio, pero... ¿y si no? ¿Si realmente lo había visto? Entonces quería decir que, efectivamente, había un traidor entre nosotros.

De cualquier modo, la presencia del doctor Hillinger aceleró nuestros planes. Aquella misma noche pintamos la nave ovológica y la transportamos al interior del yate.

Dejamos a Pippo encerrado con una buena provisión de agua y alimentos; no había tiempo de interrogatorios o torturas, el viaje tenía que realizarse de inmediato.

A las cuatro de la mañana zarpamos, soplaba una brisa suave y cálida. Seguimos la misma ruta de quince años atrás, internándonos mar adentro unos doscientos kilómetros hasta llegar al punto central de las cuencas de las Carolinas, sobre la fosa de Nomoi.

Graziella y Salvatore se pusieron los trajes de caucho, y se preparó al *Nemo II* para su inmersión. Yo me encargué de llenar los depósitos de petróleo blanco, Marino midió la salinidad del mar, Mariano estudió el movimiento de las corrientes y Genovevo hizo un registro ultrasónico para determinar si era el lugar adecuado.

Todo estaba en óptimas condiciones.

Salvatore permanecía muy relajado pues todo el trayecto había estado haciendo ejercicios de yoga; Graziella, en cambio, no podía ocultar cierto nerviosismo, tenía una foto de sus padres que estrechaba para darse ánimos.

—Todo saldrá bien —dije, dándole una palmada afectuosa.

¡Ah, qué bella se veía, hasta con ese traje de rana!

—¿Tú crees?

—Estoy seguro.

Me abrazó con fuerza, sentí que mi corazón volvía a funcionar.

—Si no regreso... —dijo mirándome fijamente a los ojos —quiero decirte algo...

No lo podía creer, ¡por fin se atrevería a reconocer su amor! ¡Por fin se había dado cuenta de mi condición de hombre!

—¡Cuidado, se acerca alguien! —gritó Genovevo.

La declaración parecía estar condenada al misterio, no pude seguir hablando con Graziella: tras el horizonte apareció un yate similar al nuestro.

—Tranquilos, no pasa nada —murmuró Salvatore.

Ése era un comentario optimista, sobre todo luego de ver a cuatro hombrones de overol blanco en la cubierta, todos armados hasta los dientes.

—Tal vez son pescadores —comentó inocentemente Marino.

—Nadie pesca con metralletas —le hizo ver Mariano.

—A lo mejor son guardacostas —dijo Genovevo.

—¿A doscientos kilómetros de la tierra? —observé.

Las dudas se despejaron: una voz conocida por todos se escuchó desde un magnetófono; era el doctor Hillinger:

—¡No intenten hacer nada, los tenemos rodeados!

Los gigantes apuntaron, ayudados con sus miras telescópicas, directo a nuestras cabecitas anticientíficas.

—No puede ser —balbució Salvatore—, el doctor está muerto.

Pero, para estar muerto, la voz sonaba bastante nítida y agresiva:

—¡Les repito, ni un movimiento en falso! ¡Levanten las manos y manténganse al alcance de la vista!

Los gemelos ni siquiera escucharon esta última indicación; desde que vieron aproximarse el bote ya se habían escondido bajo la cabina de mando, como si nos hubiéramos topado con el buque fantasma.

—¡Les recuerdo que entre menos resistencia opongan menor será el daño que reciban! —gritó el doctor.

El yate se acercó a nuestra nave. Para evitar que escapáramos lanzaron cadenas y garfios a cubierta, por la puerta del camarín principal apareció el doctor Hillinger, más vivo que nunca, exactamente como lo había descrito Graziella, vestido con una túnica negra con capucha que cubría su piel manchada y ocultaba un rostro sin cejas ni pelo.

Estaba lo suficientemente cerca para hablarnos sin necesidad de magnetófono:

—Parece que el viaje terminó, amigos —sonrió—. Vamos, arriba, todos fuera, no intenten hacer nada.

Los gemelos salieron de su escondite, los gigantones apuntaron hacia nosotros.

—¿Pero cómo pudieron saber que estábamos aquí, si Pippo está encerrado? —exclamó Genovevo.

—Tenemos nuestros medios... ¿Son todos? —le preguntó el doctor Hillinger a Bianca. Ella asintió.

La miramos sorprendidos.

—¿Tú, Bianca? —preguntó Salvatore, destrozado—, pero no entiendo.

—Oh, pobre Pippo —se quejó, culpable, Graziella—, fuimos injustos con él.

Bianca intentó evadir nuestras miradas.

—Claro —exclamó Genovevo—, tú te encargaste de aniquilar a tu propia institución, ya se me hacía extraño que fueras la única sobreviviente...

—Bianca Rosa trabaja con nosotros —se pavoneó el doctor Hillinger—, hace mucho tiempo que logramos recuperarla, ella recibió la carta que escribió Graziella, así supimos de sus planes. Aunque perdimos comunicación durante algún tiempo, hace poco nos llamó para darnos la noticia de que estaban aquí construyendo una de sus máquinas infernales.

Graziella no lo podía creer, Bianca había sido su mejor amiga, Marino y Mariano reaccionaron como lo hacían siempre: con llanto.

Los hombrones empezaron a abordar nuestro yate, el mismo doctor se acercó.

—Ahora hay que destruir esto —dijo señalando a la nave ovológica.

—Espera —se interpuso Bianca.

—¿Qué pasa?

—No te acerques.

Bianca, en una asombrosa exhibición de agilidad, le quitó una escopeta a uno de los gorilones desprevenidos y abrió la escotilla del *Nemo II.*

—Esta nave me corresponde —amenazó.

—Por favor, Bianca, no puedes caer de nuevo, estás con nosotros, ¿lo recuerdas?

—Que nadie se acerque —Bianca empuñó el arma.

—No seas necia, Bianca, ven, ya superaste eso.

—¡Esto es mío, lo merezco! —gritó alterada—. ¡He trabajado duro, quiero ir, quiero probar!

Antes de que se complicara más el asunto, el propio doctor Hillinger saltó a la escotilla de la nave ovológica, Bianca le disparó, y si el doctor no se tira al piso, hubiera quedado convertido en coladera.

Un gigantón sacó un pequeño arpón y disparó un dardo contra Bianca, le dio en un brazo. Desesperada corrió al interior de la nave.

Adentro, se escuchó una pelea fenomenal, cuerpo a cuerpo, entre el doctor Hillinger y la ex anticientífica renegada y, entre

patadas, mordidas y arañazos, se cerraron las compuertas, los depósitos de agua se llenaron y los tanques de oxigenación empezaron a trabajar a toda marcha. En menos de un minuto, la nave
ovológica se sumergió, empezando su viaje a las profundidades
del océano.

8 Profundidades

LA nave ovológica se perdió de vista en menos de quince minutos, y junto con ella se desvaneció nuestro entusiasmo. No podíamos creerlo, tantas desgracias juntas, ¡ahora que estábamos a punto de lograr nuestra expedición!

Los gigantones tampoco sabían qué hacer, sin su jefe no tenían órdenes que cumplir, ni siquiera se atrevieron a llevarnos; soltaron nuestra embarcación y se marcharon.

La traición de Bianca había sido bastante sorpresiva, pero era Salvatore el que estaba más desconsolado.

—Yo la conozco desde hace años —dijo entre suspiros—, debí sospechar de ella en el momento en que me abandonó por aquel mono de laboratorio, debí suponer que no era alguien estable.

Guardamos un respetuoso silencio a la memoria de su amor frustrado.

—Tenemos que pedirle perdón a Pippo —comentó Graziella a propósito de amores.

—Nos portamos mal con él —reconoció Genovevo— considerando todo el dinero que brindó generosamente a la anticiencia.

—No lo brindó, se lo sacamos —precisó Salvatore.

—Tanto dinero y trabajo perdidos —sollozó Mariano.

—Bueno, no está del todo perdido —agregué luego de hacer una reflexión—, si vemos el asunto por el lado optimista, en este momento la nave ovológica cumple su misión.

Me miraron confundidos.

—Así es —me planté frente a todos—, queríamos una nave,

bueno, la hicimos; queríamos que bajara, bueno, lo está haciendo en este momento. Que nosotros no seamos los tripulantes, sino *los otros,* ciertamente no entraba en los planes, pero no veo por qué no pueda completarse la misión.

—¡Pero ni Bianca Rosa ni el doctor Hillinger saben manejar la nave! —se quejó Marino.

—Nosotros les podríamos enseñar desde acá arriba —respondí.

—Un momento —pidió Graziella— ¿estás diciendo que *los otros* van a ser los que cumplan la expedición y salven a mis padres?

—Claro, de otro modo no saldrían —asintió Genovevo comprendiendo mi plan—, deben cooperar o morir.

Ciertamente la solución era desconcertante, ¿una alianza con *los otros?* ¿Sería posible después de tantos engaños, peleas y traiciones?

Nos dirigimos a la sala de controles para establecer comunicación con el *Nemo II.* El radar marcaba efectivamente su posición, debajo de nosotros, sumergiéndose ininterrumpidamente. Tomé la radio de control y llamé:

—Llamando al *Nemo II,* responda...

La nave tenía ahora un sistema de comunicación parecido al de los aviones, podríamos escuchar sus voces y ellos las nuestras, sin necesidad de clave morse.

—*Nemo II,* responda —repetí—, aquí base central.

Sólo escuchamos estática.

Intentamos durante una hora establecer comunicación, sin resultados, era desquiciante, a cada momento la nave se alejaba más. Estaba programada para bajar a un promedio de 300 metros por hora, eso daba 5 metros por minuto, tenían que hacerlo muy despacio para acostumbrarse a la presión, adicionalmente cada tres horas el *Nemo II* se detenía para realizar un descanso de hora y media, y volver de este modo a reiniciar la inmersión. En total, llegar al fondo le tomaría un par de días.

—Creo que es inútil —repuso Mariano—, posiblemente ya estén muertos, no resistieron la presión.

—No han avanzado tanto —señaló Salvatore—, según el manómetro sólo llevan quinientos metros sumergidos.

—Hay que seguir intentando —insistí—, lo más probable es que tengan cerrado el canal de comunicación.

Y efectivamente, cuatro horas después, justo cuando empezaba a anochecer, establecimos contacto. Lo primero que escuchamos fue una fortísima discusión y algunos gritos.

—*Nemo II,* aquí base central, ¿nos escuchan? —preguntó Salvatore.

—¡Claro que los oímos! —respondió de muy mal humor el doctor Hillinger—, ¡exijo que nos saquen de aquí en este momento!

La voz, aunque apagada por la interferencia, tenía una asombrosa vitalidad.

—Nosotros no podemos sacarlos —explicó Salvatore—, tienen que accionar los flotadores de aire comprimido y vaciar los depósitos de peso.

—¿Y cómo diablos hago eso?

—¿Está allí Bianca? Ella conoce un poco el diseño de la nave, podemos darle instrucciones... pero antes tienen que completar la misión y...

—Ahora les paso a Bianca —nos interrumpió el doctor.

Escuchamos algunos ruidos, y luego más gritos y discusiones. La voz de Bianca se escuchaba un poco adormilada por el tranquilizante que le habían disparado.

—¿Qué quieren?

—Le explicábamos al doctor que los sacaremos —dijo Salvatore—, siempre y cuando completen la misión y salven al matrimonio Cavalli...

—¿Salvar a los Cavalli? ¿Nosotros?

—Por supuesto, por algo te llevaste la nave, ¿o no?

—¿Yo hice eso? Oh, no debí tomar esos antidepresivos en la

mañana, me descomponen de mala manera... pero si no los tomo me entran esas visiones...

Era evidente que su cabeza estaba convertida en un caos, balanceándose entre la ciencia y la anticiencia, su confusión debía ser el resultado de un lavado de cerebro (no muy bien hecho por lo visto).

—Todavía eres anticientífica —intentó convencerla Genovevo.

—No nos puedes traicionar ahora —le recordó Marino.

—Hazlo por nuestra amistad... —le conminó Salvatore con la más lastimera de las voces.

—Un momento —se quejó el doctor—, nosotros no vamos a ningún lado más que hacia arriba. Si no me sacan ahora los acusaré de secuestro.

—Silencio —le reprochó Bianca—, por si no lo sabes yo soy el capitán de esta nave, y yo doy las órdenes.

—¡Tú no eres nadie, lunática de pacotilla, y me vas a·sacar de aquí ahora mismo! —le gritó el doctor con un tono bastante grosero.

—No lo haré —recalcó Bianca, bastante enojada—, no, nunca... nunca, nunca... No sé por qué trabajé contigo, ni siquiera me pagaste.

—Te ayudé, ¿que más querías?, no esperabas que te diera aguinaldo, ¿o sí?

—Por lo menos estímulo de puntualidad, a toda la gente que trabaja le dan estímulos de puntualidad.

—¡Mis padres, busquen a mis padres! —gritó Graziella por el micrófono para que no se desviaran del tema.

—¡Sáquenme de aquí! —chilló el doctor con desesperación.

La discusión se interrumpió de nuevo.

Nos turnamos toda la noche frente al micrófono para mandar mensajes, revisar la presión, el nivel de oxígeno y su colocación con el radar. La nave seguía su ruta inalterable.

Al amanecer establecimos de nuevo comunicación. Era Bianca Rosa, se le escuchaba bastante preocupada.

—Aquí base de control —respondió Salvatore—. ¿Qué pasa?

—Está entrando agua, los golpes son fuertes —dijo Bianca.

—¿De qué hablas... qué golpes... qué ha pasado?

—La nave se ha estado sacudiendo, y el doctor Hillinger lleva cuatro horas inconsciente.

—Debe ser la presión —dijo Genovevo.

—¡Está entrando agua! —chilló Bianca, asustada—. Se sacude la nave, algo nos está atacando.

—Posiblemente sea una ballena —murmuró Marino.

—Por esta zona no hay ballenas —le corrigió Mariano—, en todo caso se trata de un grupo de orcas.

—Orcas no, deben ser cachalotes —rebatió Marino.

—Silencio —los calló Salvatore—, Bianca ¿ya aplicaste el sonido?

—¿Cuál sonido?

—Alta frecuencia, para alejar a las bestias, o la electrificación del casco.

—No, no sirve de nada, ahí está de nuevo, la veo, es una serpiente blanca, no... no puede ser...

Eso fue lo último que escuchamos, la señal se cortó, ni siquiera oímos la estática, sólo quedó un espeso silencio.

En el radar desapareció también el rastro del *Nemo II,* era como si se hubiera disuelto; el radar marcaba sólo agua, kilómetros y kilómetros de negra profundidad.

—¿Qué pasó? —le preguntó Graziella a Salvatore.

—Posiblemente se abrió la nave, la presión o el ataque de algo la destruyó.

—Pobre Bianca... —suspiró Genovevo—, si tan sólo hubiera confiado en nosotros.

—¿Pero... por qué mencionó una serpiente blanca? —preguntó Graziella.

—Allá abajo hay tantos secretos que nuestra imaginación es incapaz de concebir... —susurró Salvatore.

Un silencio fúnebre se apoderó de todos nosotros. Nuestro

aspecto era atroz, luego de tantas noches en vela: los gemelos parecían mucho más esqueléticos, Genovevo más gordo y a Salvatore se le habían reproducido las arrugas hasta convertirlo en un papiro viviente. Sólo Graziella, aun con ojeras y el pelo desordenado, se veía tan hermosa como de costumbre.

Creí que en ese momento los anticientíficos abandonarían para siempre la expedición, eran demasiados fracasos y contratiempos; pero no conocía los límites de su necedad, se habían acostumbrado a vivir bajo presiones peores que las de los abismos del mar, la necedad era una característica innata en ellos.

—Construiremos otra nave —dijo Salvatore con absoluta tranquilidad—, ¿todavía le queda dinero a la cuenta de Pippo?

—Un par de millones y las escrituras de una refinería —respondió Genovevo.

—En cuanto lleguemos hay que hacer un retiro bancario y preparar la recontratación de los trabajadores.

—Pero eso es una locura —interrumpí—, serán más tiempo y dinero despilfarrados, además eso no garantiza que no le pase lo mismo que al *Nemo II*.

—La haremos mejor, con protección especial... —aclaró Salvatore— tenemos bastante material que sobró de la primera nave.

Todos aprobaron la idea, a esas alturas del partido no podían darse por vencidos, era imposible.

—Además ya no tenemos enemigos a la vista —remarcó Genovevo, feliz.

El ánimo y la esperanza retornaron a la expedición, los viejos durmieron relajados durante el regreso mientras yo me ocupaba del timón con Graziella. Aproveché el momento para terminar nuestra escena de reencuentro.

—Oye, Graziella —carraspeé—, antes de que apareciera el doctor Hillinger... parece que necesitabas decirme algo muy importante...

—Ah, es cierto —recordó—, te quería pedir que si algo me pasaba en el viaje te hicieras cargo de Pippo.

—¿Eso es lo que querías decirme? —pregunté atónito.

—Pippo es tan débil y te quiere tanto... como a un hermano, me lo ha dicho.

Era el colmo: ¡yo de tutor de Pippo! ¡Era ridículo! El destino debía de divertirse mucho ocasionándome tantas decepciones y sufrimientos.

Lo primero que hicimos al regresar a tierra fue sacar a Pippo de su prisión. Graziella fue la encargada de pedirle perdón en nombre de todos y lo abrazó arrepentida (cosa que hizo feliz a Pippo).

Descubierto el verdadero traidor, los viejos decidieron explicarle a Pippo algunos secretos de la anticiencia y el plan del matrimonio Cavalli para destruir a la bestia. Pippo quedó bastante sorprendido con la noticia de que la Tierra era un huevo.

—¿Y por qué no lo vacían? —sugirió—. Si está dando vueltas alrededor del Sol debe estar cocido; si hicieran agujeros, tendríamos alimento para todos.

A los viejos les pareció una respuesta extraordinaria, y hasta Graziella consideró que era interesante la teoría.

—Se nota que eres un anticientífico en potencia —le felicitó Genovevo.

A mí me pareció una tontería, carente de validez anticientífica. Supuse que debido a la culpa que los embargaba, todo lo que dijera Pippo era bienvenido y ahora sus insípidos chistes eran celebrados con corteses sonrisas, se le pedía opinión hasta para el menú de la comida, era tratado como un héroe nacional. Lo peor del asunto era que Graziella había cambiado su indiferencia característica y ahora incluso se dejaba abrazar y no protestaba con los besos. Mi odio hacia Pippo renació y para evitar un crimen pasional me dediqué al cien por ciento a la construcción del *Nemo III*.

Construir la siguiente nave ovológica fue un proceso mucho más simple y rápido que el anterior pues los mecánicos tenían más experiencia y además en esta ocasión ya no se construyó por partes sino completa.

En el nuevo diseño se omitieron algunos detalles de lujo como el piso de alfombra ajedrezada o la decoración arabesca que tanto agradaba a Salvatore. Para evitar ataques de monstruos marinos, se recubrió el exterior con púas de nueve pulgadas de grosor, dando a la nave la apariencia de un erizo metálico. Era prácticamente indestructible.

Cuatro semanas después el *Nemo III* estuvo terminado, y como ya era tradición en nuestra aventura, también regresaron los problemas. Pero ahora no se trataba de *los otros* que venían por la revancha, ni de ningún accidente o traición; el culpable de los atrasos fue Pippo, pues a nuestro duquesito y mecenas se le ocurrió exigir ser el tercer tripulante de la nave, no por cuestiones de investigación, sino puramente amorosas, ya que se negaba a separarse de su mujer, y más ahora que había logrado sacarle un pedacito de aprecio.

—Pero es peligroso bajar —le previno Salvatore recordando el triste final de Bianca y el doctor Hillinger.

—Ya no —rebatió Pippo—, ustedes mismos lo aseguraron.

—Sí, claro, pero, de todos modos, no creo que sea buena idea.

—Para empezar, yo pagué todo.

En eso tenía razón.

Después de discutirlo seriamente, Salvatore accedió a que fuera Pippo en la nave con la condición de que no lo hiciera en calidad de turista submarino, sino que fungiera como un anticientífico, trabajando en alguna tarea especializada.

Ahí se me acabó la paciencia. Lo había soportado todo porque en el fondo sabía que Graziella no amaba a su marido, era un negocio y ya, como lo habían hecho muchos investigadores y artistas como sacrificio por la ciencia y el arte; pero ahora las cosas parecían diferentes, era obvio que Pippo pretendía continuar con su luna de miel y posiblemente consumar su matrimonio.

Eso sí que no podía dejar que pasara, que se le pegara a Graziella aprovechando las profundidades. Y me enojé: si Pippo podía ir, yo también tenía suficientes derechos, yo había resuelto el mensaje del mapa enlatado, yo realicé el peligroso viaje a Roma, y yo estuve varias veces al borde de la muerte por defender a la anticiencia.

—Pero el espacio ahora es muy reducido —trató de disuadirme Salvatore.

—Si Pippo cabe, yo también... además yo lo merezco más que él.

Se desató una discusión colectiva, ahora todos querían ir y exponían sus méritos, que si tantos años de antigüedad como anticientíficos, que si conocían de memoria los libros de ovología, que si le habían dedicado años al proyecto. Salvatore tuvo que calmar los ímpetus de Genovevo y los gemelos:

—Ustedes tienen que permanecer afuera para controlar la nave y estar listos para el rescate por si tenemos problemas.

Luego se dirigió a mí y repuso:

—Y tú, Rudolph, podrás ir con nosotros pero te advierto, como se lo dije a Pippo, que tendrás que trabajar duro.

Le aseguré que sería el más dedicado, paciente y humilde de todos los anticientíficos. En realidad lo que más me interesaba era no dejar sola a Graziella ni un instante.

Salimos de nuevo a las cuencas de las Carolinas sin ningún contratiempo. Ahora sí, a la expedición definitiva. Nos pusimos el traje de caucho térmico y sellamos la escotilla de la nave. El interior era incómodo (por el exceso de pasajeros) y rápidamente nos asignamos lugares.

Afuera se quedaron Genovevo y los gemelos Lulli, controlando trayectoria, presión y oxígeno. Dentro de la nave, y ocupando el lugar de mando, estaba Salvatore; Graziella manejaría el telescopio subacuático y el sistema de defensa, Pippo vigilaría las vidrieras y yo me encargaría de la comunicación.

A las trece horas comenzó el descenso. Los primeros novecientos metros fueron relativamente tranquilos y la visión espléndida, contemplamos una colonia de medusas con el cuerpo transparente, fisalias de barbas de cinco metros con grosellas de mar devorando las algas de sus caparazones e infinidad de peces, de colores tan brillantes que parecía que cruzábamos un campo de flores. Vimos un grupo de mantarrayas flotar como hadas acuáticas, lo cual le recordó a Salvatore la historia de las hermanas Lacroix, anticientíficas y viajeras del globo aerostático, que descubrieron la existencia de ciertos organismos aéreos muy parecidos a las serpientes de mar, pero con la diferencia de que éstos viven en la estratósfera; en ciertas condiciones de extrema humedad, en alguna ocasión se encontraron con alguna nubosidad infestada de medusas y musgo.

Conforme fuimos bajando, los colores del agua y los animales comenzaron a oscurecer, vimos criaturas más grandes y peligrosas como tiburones, albacoras y calamares de tres metros de longitud.

Pippo estaba muy impresionado por la visión y los relatos de Salvatore.

—¡Si esto es ser anticientífico, entonces quiero serlo siempre! —dijo emocionado.

Evidentemente no le había tocado luchar con *los otros*.

Durante todo el trayecto tuvimos comunicación constante con la base de control, cada cinco minutos nos preguntaban por nuestra situación.

—Todo bien —respondí siempre—, la vista es muy hermosa.

—Van a hacer su primera parada de descanso, prepárense.

A las tres horas de inmersión se detuvo la nave, a esas profundidades era muy débil la luz solar, la atmósfera tenía coloraciones espectrales y era imposible ver el fondo, sólo se extendía un abismo negro.

Aprovechamos el descanso para hacer ejercicios de respiración y comer cosas ligeras, yo saqué un cuaderno para redactar un informe y anotar todo lo que había visto.

Después del receso comenzamos de nuevo con el viaje. Unos doscientos metros después era prácticamente imposible ver a través del agua, Graziella encendió los tres faros eléctricos y, ayudada por el telescopio ultrasónico, descubrió lejanas colinas que se ocultaban en los barrancos insondables. Nos turnamos todos para ver por el telescopio, contemplamos montañas petrificadas, más bellas y caprichosas que las que existían en la tierra, pensé en la teoría de la biorología y me pregunté si aquellas siluetas no eran las montañas prehistóricas que se habían suicidado.

—Allá están mis padres, en algún lado —dijo Graziella con lágrimas en los ojos.

—Veo algo —gritó Pippo cuando le tocó el turno del telescopio—. ¡Es una montaña y viene hacia nosotros!

Salvatore le arrebató el telescopio.

—Son ballenas —dijo con terror—, y efectivamente se acercan para acá.

En ese momento apagamos las luces guía y los faros, Graziella encendió el campo eléctrico y las bocinas de alta frecuencia.

Los animales, verdaderas montañas de carne, parecían acercarse inexorablemente a nuestra nave, sentimos las vibraciones y tuvimos miedo de que estuvieran comiendo, pues las ballenas acostumbran a nadar con la boca abierta y engullen toneladas de alimento a su paso.

Pero no era la hora del almuerzo. Las ballenas rodearon la nave y por el ruido que emitían supusimos que era un grupo, probablemente una familia.

Una de ellas tocó la parte superior de la nave y, al recibir la descarga eléctrica de siete mil vatios, se convulsionó volviéndose contra nuestra nave. Fue como estar dentro de una licuadora. Se apagaron las luces del interior y giramos violentamente; por fortuna teníamos puestos los cinturones de seguridad, de lo contrario no quiero pensar el resultado: como meter una mano en la batidora.

La nave volvió a la estabilidad después de unos angustiosos minutos en la penumbra.

—¿Están todos bien? —preguntó Salvatore.

—Sí, ya pasó... —respondió Graziella.

Salvatore tardó un poco en volver a reinstalar la luz y cuando la encendió nos vimos las caras: pálidas y preocupadas. Pippo tenía una desagradable expresión de terror, en parte por una pequeña herida en la frente causada por un vaso que se le estrelló en la cabeza. Nadie tuvo tiempo de atenderlo, había que revisar la nave (que, salvo el desorden, estaba en perfectas condiciones).

Tardamos una hora más en restablecer la comunicación con la base central, de nuevo se escuchó la voz de Genovevo, muy lejana, fantasmal.

—Creímos que los habíamos perdido —dijo, lloroso.

—Estamos perfectamente bien —le confirmó Salvatore—, nos atacaron unas ballenas, las ahuyentamos con el campo eléctrico aunque nos golpearon al recibir la descarga, no habíamos pensado en eso.

En realidad no habíamos pensado en muchas cosas, nuestros preparativos se habían hecho a ciegas, con base en suposiciones y manuales de ovólogos que jamás en su vida habían salido de una biblioteca.

—Bajaron a una velocidad muy peligrosa —nos advirtió Genovevo—, avanzaron cien metros en cuatro minutos.

Revisamos el manómetro, si no fuera por la protección del casco reforzado y de la capa de combustible flotante que rodeaba la estructura, la nave implosionaría en ese momento.

—Deben detenerse ahora —sugirió Genovevo— unas cuatro o cinco horas para que se acostumbre el cuerpo a la presión, aprovechen para dormir, llevan veinte horas sumergiéndose.

—Así lo haremos —le aseguró Salvatore—, ¿qué hora es allá?

—Las nueve de la mañana, hace un sol estupendo.

Era extraño oír hablar del sol a esas profundidades, allá abajo no había noción de día o de noche.

Seguimos el consejo de Genovevo, comimos un poco, Graziella le vendó la cabeza a Pippo y nos turnamos para descansar.

Dormimos con cierta tranquilidad, Genovevo nos había asegurado que ya no nos encontraríamos con ballenas u otro tipo de moles suboceánicas, a esas profundidades los animales escasean.

116

Al menos los animales conocidos.

Estaba en medio de un sueño reparador cuando escuché la voz de Salvatore, que nos apresuraba para que nos levantáramos.

—Creo que tenemos visitas de nuevo —dijo.

Me asomé al ventanal, y vi unas cosas extrañas, se trataba de un grupo de serpientes blancas.

Pero no eran serpientes comunes, éstas nadaban en posición vertical, ondulándose salvajemente, mientras emitían un zumbido extraño, como una trituradora de basura.

—¿Qué animales son ésos? —preguntó Graziella, impresionada.

—No son animales —aclaró Salvatore—, son tornados de gas y agua, probablemente son los que destruyeron al *Nemo II,* todo lo que tocan lo succionan, se originan por algunos respiraderos y corrientes de agua de diferente temperatura.

Una docena de pequeños tornados rodeó la nave, se formaban de la nada y desaparecían de la misma forma, dejando tras de sí un rastro de burbujas y piedras molidas.

—Tenemos que salir de aquí, es un campo de tornados —dijo Salvatore.

Encendió las hélices propulsoras y se puso al timón, frente a nosotros se atravesaban las serpientes, algunas se ondeaban hasta partirse en dos o tres para luego desaparecer. Salvatore comenzó a sudar, le temblaban las manos, era como cruzar una tienda de cristalería con los ojos cerrados. Pippo tomó el timón.

—Déjenme, yo lo haré.

Lo miramos con desconfianza, pero se notaba tan seguro que nadie lo contradijo.

Cuando Pippo tomó el control de la nave, sentimos la diferencia: esquivó con destreza las serpientes de gas, dio espectaculares curvas, giró la nave. En algún momento pensamos que había perdido el control, pero sólo era una maniobra para darle la vuelta a un tornado grande, y finalmente, en cuanto nos dimos cuenta, ya estábamos fuera de la zona de peligro.

Lo felicitamos calurosamente, no le conocíamos esas habilidades.

—No fueron inútiles las clases de esquí que tomé en mis últimas vacaciones —repuso, orgulloso.

La inmersión siguió más o menos estable otro par de horas, yo seguía comunicándome (cada vez peor) con la base central. Según nuestros cálculos, habíamos bajado ya 8 912 metros, poco más de la altura del monte Everest. La compresión era muy molesta; a pesar del resguardo que proporcionaba la nave, sentíamos las orejas a punto de estallar y la piel se nos llenó de moretones a causa de vasos sanguíneos reventados. El frío formó una delgada capa de hielo en las paredes del *Nemo III,* e incluso vistiendo los trajes térmicos sentimos el frío glaciar. Según el termómetro, estábamos a cuatro grados bajo cero.

Cuando pensamos que ya habíamos cruzado las zonas de mayor peligro, la nave comenzó a sacudirse violentamente.

—Ahora pasa, es una zona de turbulencia normal —dijo Salvatore intentando tranquilizarnos.

Efectivamente el movimiento desapareció pero después de unos minutos escuchamos un ruido muy raro en el exterior de la nave, parecía de lluvia.

Nos asomamos a la vidriera, el agua tenía un espeso color oscuro, como si estuviéramos navegando en el interior de una taza de café con leche.

—¿Qué es? —preguntó Pippo, asustado.

—Creo que tierra —observó Salvatore.

Graziella revisó el manómetro. Por alguna razón que desconocíamos en ese momento la nave había acelerado su descenso a ocho metros por minuto para luego duplicar esa velocidad.

Salvatore descargó los lastres de agua, y ni aun así pudimos evitar sumergirnos a treinta metros por minuto. Al parecer estábamos navegando cerca de un depósito de partículas minerales y el *Nemo III,* con su sistema de campo electromagnético, se había convertido en un gigantesco imán. La lluvia que oíamos eran los sedimentos metálicos que se adherían al casco, aumentando así el peso de la nave.

La presión se duplicó, Salvatore comenzó a sangrar de la nariz y de las orejas.

Luego comenzó lo peor, una de las ventanas de la nave se hizo añicos. Todos los ventanales habían sido construidos con capas de cristal grueso, y entre capa y capa tenían agua destilada y alcohol.

—Tranquilos —nos previno Salvatore—, no pasa nada, están asegurados, son tres capas de cristal.

De inmediato se estrelló la segunda capa.

Pensamos que era el fin de nuestra aventura, hasta dejamos de respirar por miedo de que se rompiera el último cristal.

De pronto y sin aviso alguno, comenzó a disminuir la velocidad; al parecer habíamos pasado la zona magnética, y el agua del exterior se había aclarado.

—Miren, miren allí...—gritó Pippo, señalando la vidriera.

Nos asomamos con cuidado y contemplamos un paisaje prodigioso. Era el fondo de las cuencas, se extendía un deslumbrante valle como los de la tierra, con suaves colinas, montañas, desfiladeros. Pero lo más impresionante es que todo estaba iluminado por una tenue luz verdosa que no venía de ningún lugar en particular, sino de la atmósfera misma.

—Debe ser a causa de algún mineral luminoso —dijo Salvatore, visiblemente impresionado—, posiblemente el agua está cargada de ío, es increíble.

El suelo era translúcido, como el paisaje de un sueño.

La contemplación no duró mucho tiempo porque la capa de sedimentos que teníamos alrededor (de un metro de espesor aproximadamente) comenzó a hacer presión: las paredes se doblaron como lata vieja, reventando a su paso los tornillos y remaches, el tablero de controles se despedazó.

—Creo que vamos a morir —murmuró Pippo.

—Va a implosionar la nave —dijo Salvatore.

La velocidad arreció de nuevo, nos precipitamos sobre las montañas espectrales, girando, mientras las paredes se comprimían. Lo último que alcancé a ver fue cómo reventó el último cristal de la ventana, luego sentí un golpe tremendo y, finalmente, la calma total.

Por un momento no supimos si estábamos vivos o muertos, las experiencias que vendrían a continuación nos harían dudar de todo lo que hasta entonces habíamos visto o imaginado.

9 Un mundo oculto

EL primero en hablar fue Pippo, quien aseguró categórico:

—Estamos muertos.

—Claro que no —le rebatí—, el más allá no es así.

—¿Cómo lo sabes si nunca has estado allí?

—Silencio —nos calló Salvatore—, estamos vivos, ahora hay que ver si estamos completos.

Nos revisamos detenidamente, nada nos hacía falta aunque teníamos rasguños y torceduras. Habíamos quedado en posiciones inverosímiles, entre laminillas y cables. La nave se había reducido a una tercera parte de su tamaño.

—Miren allá —dijo Graziella, señalando lo que había sido la ventana, ahora sólo era un boquete sin ninguna protección. Lo extraño del asunto era que no entraba agua, sólo esa luminosidad verdosa.

Salvatore se arrastró al hueco y se asomó.

—¿Qué ves? —le preguntó Pippo.

—No entiendo... es un campo.

Nos apresuramos a echar una ojeada, realmente era una visión insólita: un campo de suelo ígneo con depósitos de mineral, no había vegetación visible, sólo inmensas piedras luminosas que crecían en racimos. En algunas partes había fisuras por donde brotaba vapor, hasta una elegante cascada adornaba la escena; a lo lejos, se apreciaban cordilleras submarinas como monstruos petrificados. Encima de nosotros, y protegiendo todo el campo, se extendía una cúpula de granito, con nubes amarillas flotando fantasmalmente. Pero lo más impresionante era que el terreno estaba totalmente seco, y nuestros pulmones respiraban aire, un poco enrarecido, pero con el suficiente oxígeno para sobrevivir.

—¿Dónde estamos? ¿Qué es esto? —pregunté sorprendido.

—Estamos en una burbuja... —explicó Salvatore, maravillado— estas burbujas están aquí desde hace millones de años, deben de haberse formado por los movimientos tectónicos del huevo terrestre, o por alguna reacción química —miró los géiseres—, eso debe ser anhídrido carbónico y nitrógeno, con mezclas de helio y óxido nitroso, tal vez con el agua llegó a generar oxígeno.

—Pues lo único que yo sé es que si no hacemos algo, vamos a morir congelados —dijo Pippo, tiritando.

—Es porque estamos muy lejos del Sol —le explicó Salvatore—, aquí el agua es más salada y fría, no hay rastros de vegetación, muy poca vida animal, al menos no conocida por nosotros.

—Sin embargo hay luz —observé.

—No es luz solar, debe de ser de origen mineral, o semieléctrica, con el frotamiento de las aguas cargadas con iones de las paredes, forman sedimentos luminosos y piedras quimiluminiscentes.

—Tengo la sensación de que esa masa de agua caerá en cualquier momento sobre nosotros —dijo Pippo, asustado.

Pippo se refería al hueco por donde habíamos entrado, en varias partes de la bóveda había pequeños orificios, del otro lado flotaba un abismo de casi once kilómetros de agua.

—Estamos en un equilibrio de presiones perfecto —aseguró Salvatore—, nada de eso puede pasar.

Graziella era la única que no había expresado ninguna observación, estaba demasiado ocupada haciendo sus propios descubrimientos.

—Ahora entiendo —susurró—. Mis padres lograron sobrevivir porque llegaron a este lugar, aquí aplicaron la inyección de calcio y luego mandaron el mensaje. Aquí han vivido todos estos años.

Pippo, un poco insensible a todo el asunto del rescate, estaba preocupado por quién lo rescataría a él.

—¿Y cómo saldremos nosotros? —preguntó—. Nadie puede vivir con este frío, ni siquiera tus padres.

—No digas eso —le reprochó Graziella—, aquí debieron encontrar fuentes de calor, los buscaremos y luego enviaremos señales, recuerda que arriba están Genovevo, Marino y Mariano, ellos nos rescatarán.

Sacamos algunas de las provisiones de los restos del *Nemo III,* buena parte se había perdido (sobre todo los botes de crema de cacahuate), afortunadamente dos galones de agua estaban intactos y una mochila con alimentos enlatados. Nos repartimos el equipaje, Graziella tomó un mapa ovológico y el botiquín de primeros auxilios, Salvatore no se despegó de su cuaderno de notas ni de una libreta donde hacía dibujos, Pippo cargó la caja de herramientas, y yo la bolsa de comida y los galones de agua.

El mapa ovológico que cargaba Graziella no era muy acertado que digamos, lo había trazado el maestro Atanasio Pereda y Garfias, el gran ovólogo, y aunque era un erudito en la historia de la ovología terrestre, no concordaba demasiado con la realidad; por ejemplo jamás mencionó las burbujas y, en cambio, hacía un análisis detallado de los "respiraderos" de la criatura, de los túneles de yema cósmica en los que uno se podría sumergir (como intentó hacerlo el profesor Menoux y su grupo de alumnos) además de fuentes de queratina abisal petrificada; y describía las junturas de los continentes-cascarón, enormes grietas tan sensibles que se podrían mover con la mano y con ello ocasionar terremotos. Nada de eso vimos, así que guardamos el mapa y nos dejamos llevar por el sentido común.

Calculé que el campo donde habíamos descendido tenía unas doscientas hectáreas aproximadamente, y estaba cercado en su totalidad por gigantescas paredes de granito y materiales ígneos.

—Este lugar no puede ser muy extenso —aseguró Salvatore—, el refugio de los Cavalli debe de estar cerca.

Nos dirigimos a una ladera cercana, donde se apreciaban tres agujeros; decidimos inspeccionar el más grande. Al parecer se trataba de una cueva y el interior era bastante estrafalario, parecían los talleres de la naturaleza, donde ésta había ensayado las formas del exterior: allí los materiales tenías formas extrañas, fusiones de todo tipo entre obsidiana y piedra pómez, las estalactitas colgaban por todas partes, algunas parecían de cristal (era ámbar, nos dijo Salvatore después); no encontramos rastro de animales o vegetales, y mucho menos de los padres de Graziella.

Después de caminar treinta minutos nos dimos cuenta de que la cueva no era tal, se trataba de un pasillo, que extendía su anchura hasta los setenta metros de extremo a extremo. Salvatore estaba emocionadísimo, y no dejaba de analizar el paisaje.

—Ésa es piedra caliza —dijo señalando una de color gris—, está formada por acumulación de esqueletos de organismos marinos, aquellas formaciones de liquen petrificado deben tener unos diez millones años, hay suficiente mármol verde para construir quince murallas chinas. Estamos en los límites del cascarón, posiblemente haya muchos respiraderos apagados por aquí.

La caminata fue pesada (eran difíciles las actividades físicas por la carencia de oxígeno) y Salvatore ordenó un receso para comer, abrimos una lata de habas y descubrimos que el caldo estaba prácticamente congelado.

—Deberíamos hacer un fuego para calentarnos —propuso Pippo.

—Más vale no hacerlo —nos recomendó Salvatore—, posiblemente alteraríamos el equilibrio de las presiones, consumiríamos la atmósfera, en estos lugares no hay que experimentar.

Como no queríamos ocasionar semejante catástrofe, tuvimos que comer pedazos de habas congeladas.

Graziella ni siquiera probó su ración, estaba muy pensativa.

—No he visto animales ni plantas —dijo, preocupada—. No entiendo de qué se han alimentado mis padres todo este tiempo.

—No te preocupes por eso, querida —la tranquilizó Salvatore—, Arnoldo Sibelius, gran anticientífico y estudioso de los desiertos, vivió tres años en el desierto de Gobi bebiendo rocío de la arena y comiendo hongos de la piedra. Seguramente tus padres encontraron con qué sobrevivir, por algo son anticientíficos.

La respuesta tranquilizó un poco a Graziella.

Reiniciamos nuestra caminata y debo confesar que la travesía era bastante incómoda, no sólo por las condiciones de presión o profundidad, sino por mi relación con Pippo. Mi antipatía por él se había acrecentado notablemente y, como lo había sospechado, quería estar en todo momento con Graziella, se quejaba del frío, sólo para que ella le frotara las manos, quería arrumacos y mimos, y yo había bajado precisamente para impedir eso (aunque era una necedad pues Pippo era su marido y como tal contaba con algunos privilegios), pero yo estaba seguro de que ella no lo amaba, necesitaba a alguien a su altura, no hablo de tamaño, por supuesto, sino de nivel intelectual.

Las rencillas se acrecentaron en la caminata, cuando vi que Pippo le tomó la mano. Inmediatamente me puse detrás de él y le pisé un talón, se molestó, le pedí disculpas y seguimos caminando.

Pero al rato, cuando tomó del hombro a Graziella en un terreno de piedras, no pude soportar y volví a pisarlo.

—¡Oye, cuidado! —se quejó.

—Perdón, no me di cuenta... es que caminas muy despacio.

—Pues no camines detrás de mí.

—Silencio —nos calló Salvatore, que no podía concentrarse en el estudio del terreno.

A partir de ese momento, Pippo me perdió cierto respeto, a lo mejor pensó que lo hacía en broma y al rato él también me estaba pisando los talones y se reía como imbécil.

Ese juego tonto casi nos cuesta la vida una hora más tarde, cuando entramos a una zona oscura. La luz se había vuelto escasa y el piso estaba alfombrado con una capa de neblina de color plomizo. Pippo aprovechó entonces la falta de luz para tomar de la cintura a Graziella y estrecharla contra sí, eso me enojó y sin ningún miramiento fingí un tropezón y empujé violentamente a Pippo. No cayó al piso, como lo tenía planeado, sino que se hundió para desaparecer entre la neblina.

Claro que me preocupé, quería darle su merecido pero jamás pensé en eliminarlo.

—¿Qué has hecho? —me preguntó Graziella cuando notó la desaparición de Pippo.

—Perdón, yo sólo... iba a caer... y quise tomarme de Pippo, no lo sé, debe de estar por aquí.

Pero no había rastros de Pippo, comenzamos a gritarle sin obtener respuesta, pasaron diez minutos.

—Tal vez cayó en algún agujero —dijo Graziella, temerosa, mirando la densa capa de neblina.

—¿Y por qué no se queja si está lastimado?

—Las profundidades en este lugar son cosa seria —acotó Salvatore—, una grieta debe tener miles de metros de profundidad, tal vez en este momento Pippo todavía sigue cayendo y seguirá haciéndolo por varias horas.

"Uno menos en la expedición, una boca menos que alimentar", no lo dije, claro, pero estuve tentado.

En ese momento sentí que alguien me tomaba del pantalón, perdí el equilibrio y caí de cabeza a un desnivel que estaba oculto bajo la niebla, allí estaba Pippo.

—¿Te asusté? —preguntó, divertido.

—Suéltame —exclamé con mal humor—, no debiste esconderte, esto no es gracioso, estábamos preocupados.

—¿Entonces por qué lo haces?

—¿Hacer qué?

—Empujarme.

—Yo no hago nada... fue un accidente, ya lo dije.

Miré el escondite de Pippo, era una grieta como las que había descrito Salvatore, aunque afortunadamente sólo tenía metro y medio de profundidad.

—Ya dejen de jugar y salgan de allí —nos regañó Graziella, extendiendo la mano.

126

Intenté salir pero Pippo me jaló de regreso, comenzamos a discutir de nuevo, y en unos instantes ya habíamos armado una sesión de lucha grecorromana en el piso de la grieta. No terminamos ni el primer asalto cuando escuchamos el grito desesperado de Salvatore.

—¡No se muevan!

—¿Qué pasa? —preguntó Pippo quitando su enorme rodilla de mi cuello.

—Miren.

Con nuestros movimientos la neblina se había disipado un poco, junto a nosotros había un precipicio de dos metros de diámetro.

—Ahora salgan de allí sin hacer movimientos bruscos —nos recomendó Salvatore.

—Yo primero —dije de inmediato.

—No, yo.

En el forcejeo, un pedazo de tierra se desgajó y el agujero comenzó a crecer como boca hambrienta; alcanzamos a salir justo cuando el abismo llegó a nuestros pies, luego, se cubrió de niebla como si nada hubiera pasado.

—¡Ven lo que provocan! —nos regañó Salvatore, irritado—. Estamos en terreno hueco, estamos caminando sobre un cascarón.

Pedimos disculpas y prometimos buen comportamiento. Salvatore nos perdonó, pero aun así nos obligó a caminar separados.

Unos metros más adelante me di cuenta de algo horrible.

—¡La comida!

—¿Qué pasa? —preguntó Salvatore.

—¡He perdido la comida!

Efectivamente, cuando luché con Pippo en el fondo de la grieta se me cayó la mochila con las latas de conserva y los galones de agua, que ni me acordé de recoger.

Me sentí muy mal, tenía ganas de lanzarme personalmente al abismo. Creo que fue en ese momento cuando Pippo comenzó a odiarme de verdad.

—Nos vamos a morir de hambre por tu culpa —dijo.

—No digas eso —lo amonestó Graziella.

—Debimos dejarlo arriba —dijo Pippo sin ocultar su enojo—, es imposible confiar en él, apenas es un niño.

Eso sí me dolió, me defendí.

—Yo no tuve la culpa de caer, tú me jalaste, además no soy ningún niño, sé más que tú... mucho más que tú, anticientífico improvisado.

—¡Basta, silencio! —nos calló Salvatore—, no vamos a arreglar nada de esta manera, consideremos que fue un accidente y ahora vamos a regresar a nuestra nave, a lo mejor hay alguna lata que no recogimos de entre los restos.

Aceptamos la propuesta de Salvatore. Pippo no dejaba de verme con rencor, creo que en esos momentos le importaba más perder la comida que perder a su esposa.

Iniciamos así el regreso sobre nuestros pasos. Pippo estaba tan malhumorado que no se acercó a Graziella, lo cual me hizo muy feliz.

—Ahora recuerdo una historia de anticientíficos —dijo Salvatore para aligerar el tema del hambre—. Aldus von Horn sostenía el ayuno como una anticiencia nutricional, aseguraba que el organismo puede producir ciertas enzimas y proteínas que se desencadenan de los sentimientos, con ello quería decir que es posible nutrirse de sensaciones. Cualquier ser humano puede hacerlo: comer una vez y autoalimentarse a partir del propio organismo. Un ejemplo es el caso de los enamorados; es conocido por todos que se les va el hambre, la sed, el cansancio y sin embargo están llenos de vitalidad y energía, porque están alimentándose de las proteínas y nutrimentos químicos generados a través de la excitación nerviosa.

La teoría era muy interesante, pero por desgracia no se nos quitó el hambre; aparentemente no éramos buenos sujetos para alimentarnos sólo de sentimientos nutricios, teníamos todavía ese horrible vicio de comer.

Avanzamos hora y media hasta llegar a una intersección del pasillo.

—Un momento —dijo Salvatore—, ¿ustedes recuerdan esta división?

No, nadie la recordaba.

Salvatore sacó su brújula, la manecilla daba vueltas como ventilador a causa del magnetismo de las piedras. Nadie lo dijo, pero habíamos cometido un error al no hacer una ruta gráfica del recorrido (al parecer yo no era el único que se equivocaba).

—No se preocupen, estos túneles deben desembocar al principal —dijo Salvatore, confiado—, de algún modo llegaremos al campo de aterrizaje.

Era una teoría bastante dudosa, pero cualquier explicación era bienvenida; estábamos perdidos y sin una pizca de alimento o agua.

Después de caminar durante dos horas, el hambre se hizo intensa y la sed desesperante. El único que se atrevía a reclamarme era Pippo:

—Tú tuviste la culpa.

—No, tú me jalaste.

—Porque tú me empujaste.

—No deberían desperdiciar saliva —nos interrumpió Salvatore—, puede que no probemos agua en varios días.

Con semejante recomendación Pippo y yo cerramos la boca, nuestros reproches se redujeron a un duro intercambio de miradas.

Caminamos un par de horas más en completo silencio, sin encontrar ninguna pista del campo o túnel principal. Para la cuarta hora comenzamos a sentir calor, por un momento pensamos que se trataba de alguna reacción causada por el hambre o la deshidratación. Salvatore nos sacó de dudas.

—Es una corriente de aire cálido.

Miramos las paredes, estaban llenas de humedad. Salvatore olisqueó la tierra.

—No es niebla química, se trata de vapor de agua.

Ésa sí era una buena noticia. Seguimos caminando hasta que encontramos una pequeña galería llena de vapor, en medio había un manantial.

Salvatore sacó un vaso de precipitados y lo llenó de agua, le puso un papel tornasol para medir las propiedades químicas del líquido.

—No es ácido —aseguró— ni tampoco tiene cloración, se trata de agua dulce.

Y, para asegurarlo, se despachó un buen trago.

—Tiene algunos minerales y el sabor es azufrado, pero no está tan mal, el agua de París es peor.

Rápidamente nos acercamos a beber. Fue la mejor agua que probé en mi vida, pura y refrescante. Después de saciarnos llenamos nuestras cantimploras y hasta nos dimos un baño ruso (nos lavamos la cara y los sobacos).

Pero el descubrimiento del ojo de agua no fue la mejor noticia.

—¿Ya vieron esto? —dijo Pippo, señalando un extremo de la galería.

—¿Qué cosa? —preguntó Salvatore mientras terminaba de limpiarse la nuca.

—Parecen pisadas...

Nos acercamos al lugar y, efectivamente, en el lodo estaban marcadas huellas humanas.

—Deben de ser de mis padres —aseguró Graziella, emocionada, tocando los moldes como si recorriera un álbum de fotos.

—Es muy probable —sonrió Salvatore—, éste es un abastecimiento de agua, seguramente vienen para acá seguido...

—Debemos de estar cerca de ellos —dijo Graziella, con ojos llorosos.

Aunque no eran muy claras, seguimos las huellas, se dirigían a una rampa estrecha que conducía a un campo.

El problema es que no era *nuestro* campo, era parecido, tenía grupos de piedras iridiscentes, géiseres de gas, hasta una cúpula de granito; pero había una diferencia importantísima, este campo estaba sumergido en agua, con la excepción de un bosque.

Así es, por más extraño que parezca, frente a nosotros se encontraba un bosque de árboles petrificados, cada árbol estaba envuelto en una burbuja, las ramas se tocaban unas con otras formando túneles de aire. Las huellas iban precisamente a aquel sitio. La luz era tan débil que las imágenes se percibían en blanco y negro.

—Allá deben estar tus padres, en algún sitio está su escondite —aseguró Salvatore—. Debemos buscarlos.

—¿No es peligroso?

—No, si no tocas nada indebido —al decir esto nos miró a Pippo y a mí.

Entramos por la abertura principal, las paredes eran suaves y se agitaban de manera elástica.

—Debe ser luna llena —dijo Graziella—, la Luna causa movimientos en las mareas hasta acá.

—No toquen la pared —nos previno Salvatore— podríamos salir disparados al agua y no quiero imaginar el resultado.

Caminamos en fila muy lentamente. Encabezaba la peregrinación Graziella, que se guiaba por las huellas casi invisibles en la arena.

Después de caminar durante unos quince minutos descubrimos un montón de chatarra al pie de un árbol, era una masa de fierros aplastados.

—¡La nave de mamá y papá! —gritó Graziella, emocionada.

Bueno, no se parecía mucho a una nave, sólo eran fierros retorcidos y llenos de sedimento mineral. Lo primero que hicimos fue mirar al interior, no había restos de cuerpos (ni de alimentos). La nave estaba mucho más destrozada que la nuestra, y se le notaban huecos, como si hubiera sido atacada a dentelladas.

Había un ambiente general de alegría, estábamos cerca de nuestro objetivo, ahora era cuestión de dar con ellos.

A lo lejos, más allá del bosque de burbujas, vimos una montaña blanca y brillante.

—Allá deben estar —aseguró Salvatore.

Analizamos las huellas en la arena, y guiándonos por las marcas de lodo, supusimos que habían pasado por allí un par de semanas antes, era indudable que estaban vivos.

Ésa fue razón suficiente para proseguir nuestra búsqueda con bríos y entusiasmo, a pesar de que el bosque era mucho más grande y complicado de lo que parecía a simple vista.

Lo único que ensombrecía el momento era el hambre; teníamos diez horas sin probar alimento.

—Si tan sólo tuviera una sardinita —suspiraba Pippo para luego verme con furia reprimida.

Yo evitaba su mirada y para mis adentros sonreía; de algo me había servido el atosigamiento: Pippo ni siquiera tocaba a su mujer, su atención se centraba en buscar a su alrededor algo comestible.

Una hora después las paredes dejaron de moverse y el techo se hizo mucho más bajo.

—Ha amanecido —anunció Salvatore.

El hambre era insoportable, para evitar el agotamiento hicimos varias paradas: una hora de caminata por una hora de descanso.

Salvatore procuraba levantarnos el ánimo con narraciones anticientíficas, era admirable su paciencia y entusiasmo, cualquiera que lo hubiese visto lo imaginaría como un típico abuelo de asilo, preocupado por resolver crucigramas del periódico y no por comandar una expedición bajo el océano.

En una burbuja especialmente grande nos sentamos a recuperar energías.

—Qué extraño —dijo Pippo cuando se sentó en una enorme piedra.

—¿Qué pasa?

—Esta piedra está caliente.

Y no sólo la piedra, también el piso estaba caliente y lleno de cráteres que exhalaban humo; al parecer, por debajo del suelo corría un río de agua termal.

Pero el mayor descubrimiento no fue ése, sino precisamente la aparente piedra, que tenía una textura suave y estaba cubierta por un líquido pegosteoso.

—Es un huevo —declaró Salvatore luego de un concienzudo análisis.

132

—Debe estar petrificado... —suspiró Graziella.

—Yo lo veo muy fresco —agregó Pippo saboreándolo.

Un huevo no puede aparecer solo y por el tamaño no quería imaginar a la criatura que fue capaz de depositarlo.

Pero el hambre era más fuerte que el miedo, Pippo sacó un pequeño estilete para piedra.

—¿Qué vas a hacer? —le preguntó Graziella, asustada.

—Voy a comer, eso es lo que haré —Pippo empuñó el estilete y comenzó a golpear el cascarón. Era como abrir una caja de regalo de cumpleaños, la sorpresa consiste en no saber lo que hay dentro.

10 Monstruos y curiosidades

EL cascarón, aunque flexible, resultó bastante resistente. Estaba compuesto por varias capas, e hicieron falta los estiletes de Salvatore y Graziella para romperlo. Luego de unos minutos de golpes, encontraron una membrana gelatinosa de color café.

—Qué les dije, está fresco —sonrió Pippo.

Graziella rasgó la membrana y brotó un potentísimo chorro que nos roció por completo.

—Yo no como eso ni aunque muera de hambre —advertí.

El olor era francamente putrefacto.

—¡Cuidado! —gritó Salvatore señalando el huevo.

Comenzó a moverse con fuerza, del interior salió una criatura enorme, tenía la vaga forma de una foca, pero sin ojos ni piel.

El huevo estaba fecundado.

La criatura se agitó penosamente, empezó a lanzar escalofriantes chillidos.

—¿Pero qué es eso? —exclamó Pippo a punto del vómito.

—Es una larva, por supuesto —anunció categóricamente Salvatore.

—Eso ya lo sé, ¿pero de qué?

No había respuesta a eso... por el momento.

No sabíamos qué hacer, ¿meterlo de nuevo al huevo? ¿Matarlo para que dejara de sufrir? ¿Alguien se atrevería a hacer una omelette y comérselo?

—Está llorando —exclamó Graziella, apenada.

En eso escuchamos un zumbido grave.

—¿Qué fue eso? —preguntó Pippo.

La respuesta estaba arriba; en el agua vimos una figura negrísima, inmensa, del tamaño de un transatlántico, cruzó limpiamente la capa de la burbuja sin romperla, tenía la piel cubierta de un espeso sebo.

Si la criatura del huevo era espantosa, ésta lo era cien veces más, estaba perfectamente desarrollada, sin rastro de ojos, pero con un hocico enorme, atascado de colmillos, tenía unas patas rudimentarias sobre las que se apoyaba y una poderosa aleta central.

—¡Es un anfibio prehistórico! —exclamó Salvatore, emocionado—, es un cetáceo paleolítico, posiblemente de la familia de los *arthenidaeo,* como el *Leuresshes tenuis,* que acostumbra desovar en la tierra para evitar depredadores.

Pero el monstruo no mostraba el mismo entusiasmo científico por nuestra presencia, chilló de manera desagradable. Mientras tanto la criatura pequeña había dejado de quejarse y agonizaba.

La madre se acercó y con su lengua húmeda y rasposa intentó reanimar a la cría.

—Creo que deberíamos huir —sugerí—, esto no se ve nada bien.

Evidentemente el monstruo no permitiría que abandonáramos la escena del crimen, chilló de manera horrible y con la cola barrió el camino por donde habíamos llegado.

—¡Corran a uno de los cráteres, entren! —ordenó Salvatore.

Entramos a uno de los huecos, era bastante profundo, posiblemente parte de una cadena de ríos subterráneos ahora secos.

Los rugidos seguían arriba, la bestia golpeó con furia el suelo e introdujo el hocico entre los cráteres con la intención de devorarnos.

—Es el fin, no podremos sobrevivir a esto —lloró Pippo.

—Cállate y avanza —le recomendó Salvatore.

Conforme nos arrastrábamos al fondo hacía más calor, oímos la corriente de agua, probablemente hirviendo, del otro lado de la pared.

Llegamos hasta el fondo del cráter, no había hacia dónde avanzar y decidimos permanecer inmóviles. Lo único que recuerdo es que sujeté fuertemente a Graziella, si me tocaba morir lo haría junto a ella.

El hocico de la bestia no pudo alcanzarnos hasta esas profundidades y utilizó su enorme y pegosteosa lengua para seguir nuestro rastro.

—Hay que excavar —ordenó Salvatore—, seguramente estos cráteres están intercomunicados, así podremos salir a otra parte.

—¿Y si no? —lloró Pippo.

No hubo respuesta.

Salvatore pegó el oído a las paredes buscando la región más segura para hacer la excavación, si lo hacíamos mal podríamos dar con un río de agua hirviendo y eso significaba morir ahogados, cocidos o ambas cosas.

—Es por aquí —dijo, después de palmear una pared.

Con estiletes y uñas iniciamos un túnel, afortunadamente la tierra era blanda y avanzamos rápido. La hipótesis de Salvatore era correcta: salimos a un cauce de río seco y nos arrastramos varios metros hasta llegar a otro cráter.

Salimos otra vez al bosque de burbujas; la bestia, a lo lejos, seguía empeñada en dar con nosotros y comenzaba a desbaratar el cráter en el que nos habíamos ocultado.

Corrimos como locos durante media hora; cuando nos alejamos lo suficiente, nos sentamos a descansar.

Nuestro estado era lamentable: además de hambre y cansancio estábamos llenos de pequeñas quemaduras y viscosidades, teníamos lodo hasta en las muelas, nuestro aspecto en nada se distinguía del de cualquier monstruo que rondara en las profundidades.

—Es una pena que matáramos a ese bebé —suspiró Graziella, francamente triste.

—¿Bebé? —exclamó Pippo—, eso era un monstruo.

—Lo que fuera, pero no teníamos derecho a hacerle daño.

—No te preocupes, querida —la consoló Salvatore—, en estos lugares o comes o eres comido.

De inmediato sacó su cuaderno de notas y se puso a dibujar a la bestia.

Estábamos a punto de irnos cuando Graziella se acercó a Pippo.

—Gracias... —le dijo.

—¿De qué?

—Cuando me abrazaste abajo y me besaste, me hizo sentir bien... fue muy tierno de tu parte.

Pippo la miró sin comprender de qué estaba hablando.

Seguimos nuestro camino, ahora con más tiento, cada roca, árbol o agujero podría representar un verdadero peligro. En una parte del trayecto vimos una nube oscura. Por un momento pensamos que se trataba de la madre cetácea que nos había seguido para vengarse, pero no, era un cardumen de peces, ceratias y sapos abisales que se caracterizan por tener un apéndice luminoso frente a sus ojos que les sirve de guía en la oscuridad.

Salvatore estaba asombrado.

—Estos peces son del periodo cretácico, se supone que se habían extinguido hace 65 millones de años, seguramente sobrevivieron alimentándose del huevo terrestre. Es fenomenal.

—¿Y se comen? —preguntó Pippo.

—Posiblemente.

Los miramos como quien ve pasteles frente a un aparador. El problema era: ¿cómo tomarlos?

Se me ocurrió una idea, pedí prestado un estilete y lo llené de aceite, al igual que mi brazo.

—¿Vas a atravesar la burbuja? —preguntó Graziella temerosa.

—Si el monstruo pudo, no veo por qué yo no.

—No creo que sea buena idea —opinó Salvatore—, es peligroso y si caes en el agua...

—Yo perdí la comida, yo les consigo comida —repuse con un tono que no aceptaba discusión.

138

Me subí a una de las ramas y utilicé el filo del arma para atraer a los peces con el reflejo, uno de ellos se me acercó.

Pedí silencio.

El pececillo abrió la boca, tenía colmillos duros y negros, ciertamente no se veía muy suculento. Se acercó al borde y fue allí cuando saqué el arma, mi movimiento causó que un pedazo de la burbuja se separara elevándose a las alturas. No pude atravesarlo como pensé, su piel era durísima, así que decidí utilizar la técnica antigua de pesca, o sea a mano limpia: le tomé el apéndice luminoso con las manos y lo arrastré hasta hacerlo traspasar la frágil pared de la burbuja.

Cayó al piso y comenzó a revolcarse, buscando de nuevo regresar al agua; entre Pippo y yo lo cercamos y con dificultad le clavamos un estilete, no tenía piel ni escamas como pensamos en un principio, sino un caparazón. Al romperlo comenzó a brotar un manantial de sangre negruzca.

Era un ejemplar bastante peculiar, del tamaño de un tiburón mediano, tenía el apéndice luminoso en la frente, ojos pequeños y fijos, era una especie de las que derivaron algunos crustáceos; cualquier acuario se hubiera vuelto loco por tenerlo y habría pagado una fortuna por él. Ahora era nuestra cena.

Me sentí orgulloso de mi hazaña, había reparado mi error, les había conseguido alimento. Abrimos el caparazón, adentro tenía una carne suave y amarillenta, Salvatore hizo sus pruebas químicas y determinó que era comestible.

Primero lo salamos para quitarle el sabor amargo, la textura era pastosa, pero no nos importó, hasta Pippo repitió la ración.

—Ahora recuerdo una historia de anticientíficos —dijo Salvatore en su acostumbrada sección de relatos de sobremesa—, Gabriel Cuny fue un prodigioso deportista y anticientífico experto en minerales, la sentencia "salud de hierro" era su obsesión y durante años intentó fortalecer al organismo humano con minerales, administrando en comidas especializadas un superalimento capaz de perfeccionar el cuerpo. ¿A quién no le gustaría tener huesos de cobre? ¿O un corazón con aleaciones de plata inoxidable? ¿Se imaginan sangre con porciones de oro? Gabriel Cuny recibió muchas burlas a su teoría pero no hizo caso, y ensayó su alimentación mineralizada con sus propios hijos: el niño mayor se contaminó de fluorita y le brillaban los ojos en la oscuridad, la hija pequeña desarrolló dientes tan perfectos y duros como el diamante. Desgraciadamente los chicos tuvieron serios problemas renales y murieron, sus cuerpos se remataron a importantes joyerías, creo que la hija es propiedad de la Corona británica.

Pippo estaba cada vez más sorprendido con esas historias, y le pedía a Salvatore que continuara con otras.

—Todo a su tiempo —le aseguró sonriendo—, y no sólo tú, sino todo el mundo sabrá muy pronto todos los secretos de la anticiencia.

Ya alimentados continuamos el viaje, estábamos satisfechos y tranquilos.

El gusto no nos iba a durar demasiado tiempo. Justo cuando estábamos llegando a la blanca cordillera se acabó el bosque de burbujas, así, de improviso y sin aviso alguno. Faltaban unos treinta metros para nuestra meta.

Estábamos desconsolados; allá a lo lejos, en la montaña blanca, vimos una estrecha abertura, a dos metros sobre el nivel del piso, seguramente era el refugio del matrimonio Cavalli. ¿Pero cómo habían logrado cruzar?, ¿nadando? No, eso era imposible, la presión destruiría un cuerpo humano.

Pippo comenzó a llorar, Salvatore lo tranquilizó, no debíamos darnos por vencidos, debía existir un modo de llegar al otro lado.

Fue Graziella la que descubrió el secreto.

—¡Miren el piso! Tiene orificios.

Efectivamente, el terreno no era arenoso como en el resto del campo, sino que tenía losas de piedra y algunos hoyos repartidos como campo de tuzas.

—¿Y eso qué? —preguntó Pippo, confundido.

—Es un respiradero.

Salvatore se acercó y corroboró el descubrimiento de Graziella.

—Cierto, por esos hoyos debe salir regularmente aire, es parte de la respiración de la criatura, que agoniza en el interior del huevo terrestre.

—¿Quiere decir que se forma una burbuja y que podemos comunicarnos y cruzar? —pregunté.

—Así es.

—¿Y cada cuánto tiempo? —preguntó Pippo.

—Eso no lo sé, debemos esperar.

En aquel planeta acuático el tiempo era tan relativo que podríamos esperar unos minutos o tres mil años. Así que sin prisa alguna decidimos montar guardia; Graziella colocó unos cobertores en el piso para recostarnos.

Salvatore se puso a hacer dibujos, yo saqué mi propia libreta y la puse al corriente y Pippo se dedicó a comer las reservas de pescado.

—La vida de los Cavalli debe ser maravillosa —murmuró para sí Salvatore—, todas las cosas que habrán visto en quince años, ¡imagínense...! Cuando salgan serán motivo de homenajes, por lo menos un reconocimiento en cada país, los presidentes los invitarán a cenar y lo más importante es que nuestros centros de investigación estarán a la vista de todos, nadie nos volverá a hacer daño, la anticiencia se podrá enseñar en las escuelas, se harán nuevas carreras en las universidades, nuevos trabajos. Nuestros científicos y mártires serán reconocidos y hasta habrá monumentos y calles con sus nombres. Al mundo le espera una hermosa transformación.

—¿Yo también seré reconocido? —preguntó Pippo.

—Sí, también, pero antes tendrás que estudiar las ciento trece materias de la anticiencia.

Salvatore comenzó a repasar algunas que yo me sabía de memoria, preferí acercarme a Graziella, hacía mucho rato que no platicaba con ella.

—¿Cómo estás?

—Bien, emocionada... y con miedo, quisiera que esto ya hubiera pasado, quisiera abrazar a mis padres.

—Lo harás, estamos muy cerca de ellos.

—Eso espero, antes debemos mandar una lata con mensaje a Genovevo y a los gemelos Lulli, no lo hemos hecho, deben creer que nos pasó algo.

—Sí, claro.

Pero yo no quería hablar en ese momento de anticiencia ni de la gloria venidera, yo quería hablar de lo que realmente me interesaba.

—Eres muy bonita, ¿sabes?

Sonrió.

—Y tú eres muy pequeño para besar mujeres, ¿sabes?

Me quedé helado, sin saber qué responder, me hubiera gustado implosionar y disminuir hasta tamaño microscópico.

—No te pongas rojo —rió—, eres el chico más extraño que conozco.

—No soy un chico, soy un hombre, y te amo —murmuré.

Bueno, por fin, ya estaba, lo había dicho.

Graziella me miró un poco sorprendida, ahora fue ella la que no pudo responder nada.

En ese momento, Salvatore gritó:

—¡Se movió, se movió!

Señalaba los orificios, cada uno tenía una burbuja de aire, parecían perlas de plata; empezaron a crecer y a unirse entre sí, formando una fenomenal burbuja que se unió a la de nosotros. Recogimos nuestras cosas y corrimos hacia la montaña, con cuidado de no pisar ningún agujero, de pronto se detuvo la expulsión de aire y con la misma rapidez con que se había generado la burbuja empezó a decrecer, ahora corrimos en dirección contraria, pero no alcanzamos a llegar al bosque. Nos quedamos atrapados en una burbuja que se hacía más y más pequeña.

—¡Cuidado con los agujeros! —gritó Salvatore—, ¡no los toquen!

142

Pippo hizo caso omiso y puso una cantimplora en un orificio con la intención de detener la aspiración, pero sólo logró que su cantimplora desapareciera inmediatamente.

—Creo que ahora sí es el fin —sollozó Pippo.

Ni modo, así era la vida, de pronto teníamos la posibilidad de conquistar el mundo y ahora éramos una papilla en potencia. Pippo abrazó a Graziella por un lado, y yo, por el otro. Si había llegado la hora de mi muerte no tenía caso seguir ocultando mi amor: besé a Graziella en la boca.

Ella se sorprendió, pero mucho más Pippo, que me dio un fuerte manotazo y casi me rompe la nariz. Mientras, la burbuja se hizo tan pequeña que nos obligó a colocarnos en posición pecho tierra. En el último minuto, se detuvo la succión.

—Ahora va a crecer —anunció Salvatore—, está tomando fuerzas.

Y efectivamente, sopló aire, la cantimplora de Pippo salió disparada como proyectil.

—¡Crucemos ahora! —gritó Salvatore.

Esquivando los orificios, corrimos de nuevo hacia la montaña, la burbuja comenzó a crecer con tal velocidad y de modo tan desproporcionado que se despegó del suelo, para comenzar a subir por la ladera.

Nos pegamos al promontorio de piedra; siguiendo la trayectoria de la gigantesca burbuja teníamos que entrar a la abertura antes de que se perdiera en el mar. A la delantera se encontraban Graziella y Salvatore, atrás Pippo y yo, en una extraña escena de folletín.

—¿Por qué la besaste? —me detuvo enojado.

—Por nada, tenía miedo.

—Nadie besa en la boca por miedo.

—Yo sí.

—Me estás mintiendo... la otra vez que dijo que la besé... ¿fuiste tú?

Lo que me faltaba, que Pippo se volviera inteligente, justo en ese momento.

—Luego lo platicamos, después, cuando sigamos con vida.

Volteé a mirar: Salvatore y Graziella entraban en ese momento a la cueva.

—No, quiero que me digas ahora, ¿por qué estás besando a mi esposa? —insistió Pippo.

—Por favor, corramos, olvida eso.

De pronto vi cómo la burbuja se fragmentó en varias partes. La burbuja donde estábamos Pippo y yo se separó de la de Graziella y Salvatore. Hasta ese momento, Pippo se dio cuenta de lo delicado de nuestra situación y escaló con uñas y dientes, pero desgraciadamente la burbuja no se dirigía a la cueva, sino a otro lugar.

Los dos luchamos para no quedarnos atrás, entre jalones y empujones; a Pippo se le cayó un cobertor al agua y de inmediato se transformó en una madeja de estambre comprimido. El promontorio estaba a punto de terminar, vimos una grieta en la piedra, allí se metió Pippo, lo tuve que empujar para que me dejara pasar a mí también; entré justo a tiempo, la burbuja siguió de largo y se perdió en la inmensidad del océano.

La grieta tenía un metro y medio de altura y sesenta centímetros de ancho, además estaba en desnivel, un resbalón y todo habría terminado.

En cuanto nos supimos a salvo, Pippo comenzó de nuevo la discusión:

—No me has contestado... ¿por qué la besaste? ¿Tienen algo entre ustedes?

—No te voy a contestar esas necedades —le respondí enojado— y menos después de lo que ocasionaste, mira, estamos aislados, los perdimos.

—¿Para qué la quieres cerca? ¿Para volver a atacarla?

Aquello era patético, los celos siempre hacen ridículas a las personas.

—Nadie va a burlarse de mí, a lo mejor no soy tan inteligente como tú, pero tengo mucho honor, mi familia siempre ha mantenido su reputación impecable y no seré yo quien manche el apellido.

144

¡Lo que faltaba, un duelo de honor a estas alturas!

—Pues te diste cuenta tarde, ella misma te engañó, no te quiere ni te ha querido, se casó contigo por tu dinero, ése fue el detalle que jamás te dijeron.

Estaba siendo cruel, pero después de varios días de transitar en el filo de la muerte a once mil metros de profundidad no me quedaba demasiada paciencia para tratar con un marido despechado.

Pippo guardó silencio, sopesando mis palabras.

—No es cierto —intentó defenderse—, voy a hablar con ella, pero no te salvas del duelo.

—Está bien, pregúntale, haz lo que quieras, y ya te dije, la besé porque tenía miedo, fue un beso de hermanos.

Evidentemente no me creyó.

—No te quiero ver, enano asqueroso.

—Yo tampoco, cabeza de cacahuate.

No era muy civilizada aquella plática, al menos no muy correcta para dos aspirantes a héroes de la anticiencia.

Pensamos en salir de allí, sólo había un lugar a dónde caminar: siguiendo el suave descenso de la grieta, avanzamos sin dirigirnos la palabra. Teníamos fe en encontrar otra abertura para buscar a Graziella y a Salvatore; pero la grieta no se adentraba en la montaña, sino que la rodeaba; después de caminar una hora nos detuvimos para comer, él tenía provisiones de pescado y yo agua, miré con antojo su comida y él con ansiedad mi agua, pudimos haber compartido pero preferíamos morir, cada quien con lo suyo, de hambre y de sed.

La vereda siguió rodeando la mole de piedra, como si camináramos sobre el surco de un tornillo.

Media hora después encontramos una explanada amplia, con una tenue luz verdosa que surgía de pequeñas lajas translúcidas del piso; en la pared se abría un angosto boquete, había una tela arrugada a modo de cortina y galones de agua vacíos en el suelo junto con latas de alimento.

De inmediato supuse que era el escondite de los Cavalli, ¡sin quererlo habíamos encontrado el lugar exacto! Nos acercamos para hacer la presentación. ¿Qué les diríamos? ¿Que éramos el marido y el enamorado de su hija y que veníamos a rescatarlos?

Ni siquiera entramos, las cortinas se abrieron y salió una sombra grande, amenazadora.

Era la última persona en el mundo que pensábamos encontrar.

Era el doctor Hillinger.

11 El Club de la Salamandra

Pensé que se trataba de un fantasma. En aquellas profundidades y después de todas las experiencias subacuáticas, cualquier cosa era posible.

Pero no era ningún ser espectral, era el verdadero doctor Hillinger, con su piel chamuscada, los mismos ojos suspicaces y el cuerpo erguido, sólo que ahora lucía un poco más desmejorado. Tenía nuevas heridas y rasguños, un brazo con tablillas, vendas mugrosas en las piernas y en el cuello. Usaba un bastón de árbol fosilizado para caminar.

—¡Doctor Hillinger!— exclamé con sorpresa.

Pippo retrocedió, había oído cosas tan terribles de *los otros* que los imaginaba como feroces monstruos sobrenaturales que en cualquier momento abrirían la boca para lanzar fuego. Yo, por mi parte, me mantuve en mi lugar, sabía que ya no podía hacerme ningún daño.

—¿Qué hacen aquí? —nos preguntó sorprendido.

—Un momento. ¿Qué hacen ustedes aquí? Se suponía que habían muerto —exclamé.

Sonrió de manera cruel.

—Qué más quisiéramos, pero no, un tornado arrastró la mugrosa nave hasta un bosque con aire.

Me sorprendió aquella revelación, o sea que la nave y las huellas que encontramos no eran del matrimonio Cavalli, ¡la desilusión que tendría Graziella cuando se enterara!

Una voz rasgada y débil salió del interior del refugio, era Bianca.

—¿Thomas? ¿Con quién estás hablando?

—Son los chicos anticientíficos.

—Ya era hora de que llegaran, ¿vienen a salvarnos?

—No lo creo, se ven peor que nosotros.

—Diles que no tardo, ya salgo, sólo me falta matar a la bestia.

—No le hagan caso, lleva dos semanas delirando, tiene fiebre... y bueno —nos miró de arriba a abajo—, no han respondido, ¿qué hacen acá? Porque no vienen a rescatarnos, ¿o sí?

—No, claro que no —respondí cauteloso—, vinimos a otra misión, desgraciadamente tuvimos un pequeño accidente y, bueno, estamos en problemas.

—O sea que han quedado atrapados como nosotros —sonrió con amargura—, qué les parece, moriremos juntos —su cara se ensombreció—. Yo tuve la culpa por haberme metido en esto, debí dejarlos matarse solos... pero no, quería ayudarlos, sobre todo a los jóvenes... a ustedes.

No entendí de qué hablaba, pero esperé a que se desahogara a su gusto; le había perdido el miedo; ahora, herido, asustado, sin sus toscos ayudantes, no podía hacernos nada.

—Bueno, pero no es hora de pleitos —dijo finalmente—. ¿Ya comieron? Tengo adentro una cantidad monumental de frijoles congelados.

En realidad no podíamos rechazar su invitación, para empezar no había otro lugar a dónde ir y además teníamos hambre. Pippo aceptó de inmediato, se le quitó el miedo y creo que hasta le tomó aprecio al doctor.

El interior del refugio estaba más o menos domesticado, habían puesto los cobertores en las paredes para evitar la humedad y el frío; con un pedazo de carbón habían dibujado un calendario en el piso, donde llevaban la cuenta de su encierro. Bianca dormitaba en un rincón, envuelta en suéteres y trajes de caucho, parecía una oruga gigante.

Fue una reunión bastante extraña, insólita; en esos días, jamás hubiera pensado cenar con el peor enemigo de la anticiencia, con el hombre que quemó las bibliotecas, que destruyó a tanta gente.

—¿Hace mucho que eres anticientífico? —me preguntó.

—No... apenas estoy aprendiendo —le respondí, desconfiado—, en realidad no he tenido tiempo de profundizar... después del incendio de la biblioteca, no pude continuar mis estudios.

Lo miré con odio, él se limitó a encogerse de hombros.

—Lo siento, era mi trabajo —sonrió y preguntó en tono confidencial—. Y dime, aquí en privado... ¿tú crees en todo ese asunto del huevo gigante y de las montañas con vida?

—Bueno... —tenía mis dudas—, reconozco que es muy extraño, pero todas las ciencias cuando se descubren por primera vez son desconcertantes.

—Lo de las nubes es estupendo —opinó Pippo.

—¡Silencio! —callé a Pippo.

Después de todo, que nos invitara a comer no significaba que teníamos que contarle nuestros secretos.

Pero el doctor parecía de buen humor y no se molestó.

—Es extraño hablar con ustedes sin que haya golpes o lucha, porque deben reconocer que también son muy agresivos —mostró las encías quemadas.

—Es parte de nuestro trabajo.

Volvió a sonreír, luego se puso serio y repuso:

—¿Y si se enteraran de que nada de lo que les han contado es cierto? ¿Y si las cosas fueran al revés?

Era extraño, hablaba de la misma manera que los anticientíficos.

—No intente enredarnos —le advertí—, ahora no le sirve de nada.

—Ya lo sé, pero me gustaría aclarar algunas cosas, veamos... si su anticiencia es tan infalible como dicen debería soportar cualquier crítica, la ciencia normal soporta todas las pruebas, la de ustedes también debería hacerlo.

Aquello se estaba poniendo sospechoso, me levanté.

—No creo que sea el momento de discutir.

—¿Tienes miedo de oírme? ¿No estás tan seguro de tu anticiencia?

—No, no es eso... —me estaba poniendo nervioso.

—Sólo escúchame, no te obligaré a creer, no te obligaré a nada, pero considero que para formarse una verdadera opinión acerca de algo hay que escuchar a las dos partes, ¿no es así? —me miró fijamente.

Volví a sentarme.

—Déjame contarte un secreto... —comenzó.

Las palabras salieron a presión, sin válvula de control, e hirientes como ácido:

—No lo sabes ni lo sospechas, pero has estado viviendo un juego de locos... ¿Anticientíficos?, así se hacen llamar, ¿te has preguntado dónde estudió Salvatore Vezza? ¿Te contó dónde pasó doce años de su vida? ¿Lo sabes?

—Estudiando, creo...

—Pues no, y yo te voy a decir la verdad. Salvatore en realidad ni siquiera se llama así, es Dino Semanbadhi y vivió gran parte de su vida en el sanatorio mental de Lesh, en Albania, ¿te ha dicho eso? No, claro que no, ni tampoco Genovevo, allí se conocieron cuando eran niños, durante la invasión de Turquía, en 1882, fue una guerra larga y dolorosa que dejó muchos huérfanos. En ciudades como Elbasan y Lesh se construyeron centros de ayuda para chicos con problemas mentales, había cientos vagando en las calles destruidas.

—Eso es mentira —lo interrumpí de mal humor—, lo está inventando porque los quiere destruir.

—Todo está en los archivos —sonrió—, puedes encontrar los expedientes de los gemelos Lulli; claro que son conocidos, pero no por sus descubrimientos, sino porque son el caso psiquiátrico más apasionante de personalidad múltiple, cada uno tiene tres personalidades, en total representan a seis personas diferentes en dos cuerpos. Oh, si el sanatorio de Lesh era un semillero de enfermedades; la guerra duró treinta años, produjo

150

tantos muertos, héroes y locos como no tienes idea, los horrores de la invasión son espeluznantes, hablan de niños martirizados trabajando en minas de cromo y fierro, chicos encadenados en plantaciones de tabaco.

"El director de la clínica, el doctor Sherid, intentó volver a civilizar a esos niños, muchos no habían visto el sol en años y ni siquiera sabían caminar. El doctor, con gran paciencia, no sólo les enseñó a leer y a multiplicar, sino que les dio nociones de ciencia, en la cual era un experto.

"Los chicos se interesaron tanto que hicieron reuniones de ciencias todas las noches, donde se aferraban con desesperación a la biología, la física y la astronomía para olvidarse de la locura y del hambre; las reuniones se fueron haciendo más grandes y complicadas, eligieron a un jefe principal, luego a los secretarios y sinodales; le llamaron el *Club de la Salamandra* por la cualidad que tiene este animal de vivir en condiciones extremas, incluso en el fuego, como ellos. Al comienzo todo era un pasatiempo, un juego de locos, que a la larga resultó peligroso.

"A finales de siglo, en una de las intervenciones italianas, unos campesinos se toparon con un extraño joven que corría por la carretera pidiendo auxilio, les explicó que era un médico del hospital de Lesh, y que el sanatorio había sido incendiado. Cuando la población se acercó para ayudar, descubrió que los pacientes habían muerto calcinados, sólo pudieron salvarse ciento trece médicos y empleados, ciento trece... ¿te recuerda algo este número? La tragedia se comentó mucho, pero nadie sospechó nada, los médicos y empleados tomaron sus cosas y se esparcieron por el país y el mundo; un par de años después aparecieron algunas extrañas notas en periódicos científicos, reportajes de nubes indestructibles, montañas con vida, olores que transforman el estado de ánimo. La pista de esta confusión científica la dio una enfermera que trabajó en el sanatorio de Lesh, aseguró en una entrevista que nunca hubo tantos empleados y ciento trece era el número de pacientes.

"Aquello no era ya un simple juego de locos, ahora se trataba de un juego de asesinos; se multiplicaron los libros y tratados con nuevas materias, eran tan minuciosos que hicieron sus propios antecedentes creando perfectos facsímiles de empastados antiguos, hasta elaboraron objetos y tablillas egipcias que engañaron a más de un arqueólogo... Toda esta información, arrojada al mundo, no tardó en provocar nuevas víctimas.

"Dos mujeres se estrellaron en los Alpes suizos luego de que intentaran cazar peces en la estratosfera; un hombre que deseaba recolectar energía eléctrica de una tormenta murió carbonizado al recibir una descarga; pero lo peor fue cuando un profesor belga desapareció con una treintena de alumnos en un intento de paralizar a un monstruo que supuestamente vivía bajo la tierra.

"Descubrimos que la enfermedad no sólo se había intensificado, sino que los delirios eran contagiosos a personas de ánimos ligeros o de espíritu débil. El Instituto Psiquiátrico de la ciudad de Berlín asumió la responsabilidad de lo que estaba pasando, allí se había preparado el doctor Sherid en una corriente psicoanalítica en la cual se intentaba enseñar al enfermo el funcionamiento de los secretos de la naturaleza para que él mismo se curara; la teoría se aplicó en varios países, y entre ellos en Albania, a los huérfanos de guerra.

"Las víctimas comenzaron a crecer, al igual que la difusión de ideas peligrosas, que para entonces ya se llamaban 'anticiencia'. A diario se reproducían libros, tratados, folletos, antologías, tesis. Todos los casos tenían resultados muy negativos: un grupo de desempleados construyó en 1909 en Praga una nave para viajar al Sol, se quemaron tres barrios históricos mientras intentaban hacer una nave de fuego líquido.

"Por el bien de ellos mismos y de los demás, el Instituto Psiquiátrico de la ciudad de Berlín organizó un grupo de captura para detener a los responsables. Allí me contrataron y comencé mi trabajo, ¿quieres saber más o tienes suficiente?"

Estaba anonadado, no supe qué contestar, tenía los ojos arrasados en lágrimas, el doctor Hillinger no se esperó a que le respondiera, siguió con su metralleta de palabras:

—Me acompañaron enfermeros psiquiátricos calificados, tú los has visto, había que usar la fuerza, nos enfrentábamos a gente peligrosa. Para defender su locura los anticientíficos podrían eliminar a quien fuera incluyéndolos a ellos mismos; algunos se colocaban cápsulas de veneno bajo la lengua para morderlas si eran apresados, preferían morir a divulgar sus conocimientos. Fue difícil encontrarlos, disfrazaban sus asociaciones como escuelas, clubes de juego, incluso como salones de tango, fachadas todas para ocultar sus malsanas investigaciones y sus colectas para sus desastrosas expediciones.

"Viajé por el norte de Europa desarmando centros de locos para que dejaran de contaminar a los demás y para que no se hicieran más daño; a todos los enviamos a Berlín para su readaptación, pero las cosas no fueron tan fáciles. Las crisis económicas que azotaron al mundo hicieron que aumentaran los enfermos, se reprodujeron en todas partes, ellos prometían el secreto de la felicidad, del orden, salvarían al mundo, incluso algunos verdaderos científicos abandonaron la razón.

"El asilo de Berlín fue saqueado y muchos de nuestros pacientes en recuperación se fugaron al continente americano; ciertamente hubo terribles batallas, pensamos que jamás podríamos controlarlos, pero sucedió algo inesperado: ellos mismos se aniquilaron.

"Así es, hicieron delirantes teorías en las que previeron el final del mundo y ellos mismos se dejaron morir, creímos que habían desaparecido hasta que me enteré de que en Roma se había visto a los gemelos Lulli, pensé que estaban preparando su regreso y por eso mismo partí para allá a desarmar a los últimos anticientíficos, a los más peligrosos, a los fundadores.

"Sabía de los Cavalli, unos aristócratas extravagantes que entregaron toda su herencia a los anticientíficos y pagaron con su propia vida. Tú fuiste mi pista para llegar a ellos. Con tu figura extraña imaginé que eras un nuevo discípulo, que volvían a expandirse, por eso te quise apresar, eras principiante, quería salvarte antes de que fuera tarde. Si quemé la biblioteca fue porque pensé que no había nadie, tenía que destruir esos manuscritos, esos criptogramas especializados en descomponer la cabeza. No sé si he logrado mi objetivo, tal vez sí, ahora estamos aquí, atrapados todos, a lo mejor era el precio que tenía que pagar."

Estaba boquiabierto, todo me daba vueltas, realmente sentía que perdería la chaveta en cualquier momento. Me levanté, me quería desmayar. ¿Realmente había vivido en un juego de locos?

—¿Entonces el huevo no existe? —preguntó Pippo sin entender (como siempre) la gravedad del asunto.

—Por supuesto que no, en el interior de la tierra sólo hay un manto de piedra con el núcleo líquido. ¿Cómo vamos a estar en una empolladora cósmica? Eso son delirios.

—¿Y Graziella, mi mujer, está loca?

—Pobre muchacha —chasqueó la lengua—, le tocó vivir con ellos, su caso es incurable, quedó huérfana, sin defensa, creciendo en un mundo de locos que deformaron su mente.

Nada tenía sentido, así que no había tal huevo, no había nada, mis aventuras sólo eran un delirio compartido. ¿Mi amor era parte de ese delirio? ¿Podría salvarse Graziella?

Pippo estaba impresionado, el doctor nos miró, satisfecho.

—Ustedes son jóvenes —aseguró—, se pueden recuperar.

—Pero ahora...—pregunté con deseos de arrojarme al mar— ¿ahora qué vamos a hacer?

Sonrió con tristeza.

—Sobrevivir, no vamos a matar a ninguna criatura del fondo del mar para salvar a la humanidad, ahora hay que conformarse con salvar nuestra propia vida.

Eso, salirnos del club era lo más importante.

12 Buscando la realidad

F UERON momentos muy desagradables: los que habían sido enemigos eran ahora los amigos, y mi familia anticientífica, que tanto apoyo y conocimientos me brindó, era en realidad una turba de locos.

Mi corazón se quebró en una desilusión terrible y por poco a mí también me atacan las fiebres de Bianca.

No me abandoné a la melancolía y a la destrucción solamente por dos asuntos primordiales: la urgencia de salir de la prisión oceánica y la esperanza de salvar a Graziella (si es que podía salvarse). Claro, no podría decirle de buenas a primeras la verdad, pensaría que me había pasado al bando de *los otros,* era una posición muy delicada.

Pippo me perdonó, también había quedado impresionado por aquellas revelaciones. Hicimos las paces después de que le expliqué que el asunto del beso había sido un engaño óptico causado por la refracción del agua.

A pesar de todo, me aseguró que jamás se divorciaría de su esposa.

Yo tampoco iba a dejar a Graziella, la seguía amando y no estaría tranquilo hasta rescatarla.

Cuando pudimos hablar con Bianca, nos confirmó las revelaciones:

—Aquí abajo no hay criaturas ni huevos cósmicos —suspiró—, sólo las peores fantasías.

Se veía muy enferma; además del caos mental y las condiciones climáticas, Bianca y el doctor se habían enfrentado a bichos muy desagradables. Tenían que estar siempre alerta pues cada determinados días recibían la visita de sanguijuelas y plantas cazadoras. Por experiencia, sabían que en esos lugares las cosas no eran lo que aparentaban y en dos ocasiones se toparon con animales con aspecto de piedra.

En su cautiverio, el doctor Hillinger pensó en las maneras de salir a la superficie. Uno de sus planes consistía en excavar un túnel hasta la isla Carolina más cercana y luego escalarla por dentro. Su plan era perfecto, si no fuera porque le hacía falta un ejército de trabajadores capaces de excavar doscientos kilómetros en sentido horizontal y otros once kilómetros en vertical.

Descubrí que en el trato cotidiano el doctor Hillinger era de carácter cordial y amable. Me sorprendieron también sus amplios conocimientos sobre los océanos, identificaba casi todas las especies de artrópodos, y manejaba al dedillo la clasificación de rocas y minerales; aunque jamás mencionó ninguna materia anticientífica, sí mostró su admiración por la flora y fauna abisal, así como por las burbujas de aire y corrientes ventosas (lo que nosotros llamábamos respiraderos).

Para empezar, todos coincidíamos en que era necesario salir del refugio, ya fuera para buscar a Salvatore y Graziella o para encontrar alguna posibilidad de salida del abismo. Le pregunté al doctor si conocía un túnel cercano o algo parecido.

—Sólo un río subterráneo —me contestó.

Supuse que sería un río de aguas hirvientes, como los que cruzaban los bosques petrificados.

—No, no me entiendes, el río del que hablo es de aire.

—¿Un río de qué?

—De aire... ven para que lo conozcas.

Debajo de la guarida del doctor y de Bianca se encontraba un orificio en la piedra que comunicaba a una especie de sótano, grande y húmedo; el lugar no tenía nada de interesante, podía ser la gruta de cualquier pasaje montañoso.

—Espera a que veas esto —dijo el doctor Hillinger acercándose a una pared. Tomó una losa de piedra y la movió, descubriendo detrás un agujero de tres metros de diámetro, era oscuro y atronador, parecía que guardaba una tormenta dentro.

Me asomé con cuidado.

—¿Ésta es la única salida que hay por aquí?

—¿Salida? —rió—. Ésta no es una salida, es imposible salir por aquí, nos despedazarían las corrientes de aire estrellándonos contra las paredes.

Será que todavía guardaba resquicios del pensamiento anticientífico, pues la palabra "imposible" me parecía ridícula. Acostumbrado al diseño de artefactos extravagantes, propuse un plan:

—¿Por qué no construimos una nave o algo así para viajar por aquí?

—¿Una nave? ¿A qué te refieres?

—No sé, algo para poder viajar protegidos... yo podría diseñar algo especial.

—¿Crees que podrías hacerlo?

—Soy experto en eso —aseguré.

Estuve realizando varios bocetos de una nave que nos permitiera remontar el río de aire, para ello diseñé un armazón protector con ramas fosilizadas, tendríamos que cubrirlo con cobertores y elaborar una especie de vela para impulsarnos; en la parte inferior, colocaríamos latas con ejes, a modo de ruedas.

Al doctor le gustó el diseño y comenzamos la construcción inmediatamente. Pippo y el doctor Hillinger estuvieron varios días recogiendo fragmentos de árboles petrificados y yo armé la estructura general con un pegamento que inventé mezclando leche, liquen resinoso y una pizca de caldo de habas.

Bianca nos miraba trabajar desde el fondo de su crisálida. Apenas se movía. Aseguró estar demasiado débil para ayudar. Las fiebres la seguían atacando con tanta fiereza que a ratos se imaginaba estar en su vieja selva de Manaos; hablaba de una vegetación tan desquiciada que solía engullirse los caminos y las ciudades en una semana. El doctor se la quedaba mirando con recelo, pero ella afirmó que era totalmente verídico y no había nada de anticientífico en sus palabras.

En cinco días terminamos la nave deslizadora. Su aspecto dejaba mucho que desear, era una mezcla de una tienda india con algo de carromato gitano. No sabíamos si resistiría los vientos, pero eso en verdad no nos importaba, había que intentarlo; después de todo no había más salidas, y si teníamos que morir, que por lo menos fuera intentándolo.

El doctor Hillinger guardó las provisiones y todos ocupamos nuestro lugar. Nos amarramos bien a la estructura y entramos al túnel.

Fue una experiencia extraña, supongo que esa misma sensación debe tener una bala al viajar por el cañón de una escopeta de alto calibre. El río estaba lleno de vapores a presión que nos impulsaron hasta los noventa kilómetros por hora. Afortunadamente la armadura resistió muy bien y, salvo los chispazos que produjeron las latas con la fricción de las paredes, la nave soportó el viaje.

—¿Alguien sabe a dónde desemboca esto? —pregunto Pippo con su acostumbrada falta de tacto.

Nadie le respondió, las opciones no eran nada optimistas: podía ser una pared, el océano o un cráter con fuego.

El trayecto terminó doce minutos después, de manera violenta aunque no mortal. Salimos lanzados de la boca del túnel. Me imaginé a esos acróbatas de circo que se trepan a un cañón y los disparan hacia una red que se encuentra en el otro extremo del escenario. Bueno, aquí las cosas fueron similares con la diferencia de que éramos cuatro personas amarradas a una estructura carbonizada y, en lugar de red, había una laguna.

El lugar no era del todo feo, era una caverna con una hermosa laguna de aguas luminosas que lanzaban destellos ambarinos. No pudimos apreciar su belleza hasta que nos quitamos nuestros cinturones de seguridad y salimos a la superficie.

—Estamos vivos, no lo puedo creer —suspiró el doctor.

Creo que, hasta ese momento, todos nos dimos cuenta de nuestra hazaña.

—Qué colores tan hermosos —dijo Bianca a propósito de la laguna en la que flotábamos.

Ciertamente el fondo del agua se caracterizaba por tener unas manchas ondulantes de vivísimos colores tornasolados.

—Deben de ser minerales —intentó adivinar Pippo.

—Yo no diría eso... —masculló el doctor— parecen algún tipo de criaturas.

Bianca y Pippo se miraron con miedo.

Las manchas comenzaron a moverse bajo nuestros pies, tenían la apariencia de cortinas púrpuras, moteadas con jaspeado y verde; se movían en grupo, lentamente, hacia nosotros.

—Cuidado —advertí—, son babosas marinas.

No se los dije para evitar que se alarmaran, pero yo conocía el funcionamiento de las babosas. Usualmente viven pegadas al lecho oceánico formando extensas colonias. En apariencia son hermosas e inofensivas, pero cuando detectan una presa simplemente se dirigen a ella para envolverla en un abrazo mortífero compuesto por ácido.

Nunca había visto babosas tan bellas, grandes y hambrientas; sin lugar a dudas, nosotros éramos un bocado suculento y exótico en aquellos parajes.

Nadamos con rapidez hacia la orilla, pero no pudimos librarnos del ataque. La primera víctima fue Bianca: una babosilla azul, especialmente linda, se adhirió a su espalda.

—¡Me quema, me quema! —gritó.

Pippo se convirtió en el desayuno más perseguido, fue atacado de manera multitudinaria: una babosa púrpura le sujetó una pierna, una magenta se le enroscó en el cuello a modo de bufanda y una tercera se le posó en el pecho. Tal era su terror, que el duquesito fue incapaz de lloriquear como lo hacía siempre.

A mí se me pegó una babosa en el hombro y experimenté un ardor pavoroso. El doctor Hillinger fue el único que salió indemne del ataque, resultó ser un nadador de campeonato y en tres brazadas llegó a la orilla escapando de una enorme babosa amarilla que lo perseguía con pasión culinaria.

Al salir de la laguna nos arrancamos las babosas con ayuda de un cuchillo, el olor era francamente detestable (las babosas lo usan para alejar a los depredadores).

—Estoy envenenado —chilló Pippo.

—No creo —le aseguré—, la sustancia de las babosas es mortal para los peces, en los humanos no puede provocar más que una fuerte irritación, siempre y cuando no dure mucho tiempo el contacto.

Mis suposiciones fueron correctas, ninguno de nosotros murió, sólo nos quedaron las marcas de las quemaduras. Pippo era el más herido, tenía en la piel urticaria y enrojecimiento como si se hubiera expuesto cinco semanas a los rayos solares. A Bianca se le ocurrió usar manteca congelada como emplasto y en un momento estábamos cubiertos como bollos listos para hornear.

Mientras nos hacíamos las curaciones, el doctor Hillinger examinó el terreno; además de la laguna, frente a nosotros se extendía una playa de gravilla cuyos límites se angostaban como embudo.

—No creo que salgamos nunca de aquí —susurró Bianca, pesimista.

—Nunca lo sabremos si no lo intentamos —afirmó el doctor.

El doctor Hillinger comenzó a caminar hacia la boca del embudo, los demás lo seguimos. Las paredes eran muy extrañas, de aspecto poroso y colores pálidos; imaginé que eran grandes fragmentos de coral que se habían desprendido de la plataforma continental. El decorado fue el mismo durante un par de horas.

Me empecé a preocupar, ¿cuándo acabaría todo? O más bien, ¿acabaría alguna vez? Posiblemente vagaríamos en las bodegas de la naturaleza hasta que se terminaran las provisiones o alguna sorpresa desagradable nos saliera al paso... Permaneceríamos perdidos para siempre, sin encontrar a Graziella, sin poder enviar un mensaje a Genovevo y a los gemelos.

Y como lo sospeché, aquel pasillo nos tenía guardado un regalo. En una curva encontramos un lugar extraordinario. La luz verdosa, a pesar de ser difusa, nos permitió ver el espectáculo de riqueza y esplendor mineral. Todo a nuestro alrededor, incluyendo paredes, techo y piso, se encontraba empedrado con cristales multicolores.

—Son esmeraldas —exclamó Bianca, estupefacta.

—No, son olivinos —las revisó el doctor Hillinger—, es silicato de magnesio y hierro.

Lo que fuera, era precioso, había enormes muestras de torbenita y malaquita, ágata (con ondas de colores), cornalinas rojas y brillantes como goterones de sangre.

Pippo sacó su estilete.

—Seremos millonarios —sonrió.

—Espera —lo detuvo el doctor—, ¿qué piensas hacer?

—Voy a tomar un recuerdo de este lugar y, a lo mejor, cuando salga pueda recuperar un poco de dinero, ¿cuántos anillos crees que salgan de esta maravilla? —señaló un bloque azul con miles de chispas brillantes en su interior.

—No hagas eso —le recomendó el doctor—, no sabemos cuándo vamos a salir, no te conviene cargar piedras.

Pero Pippo no quería comodidad, quería riqueza, así que empuñó su estilete contra un circón, despegó un fragmento y lo guardó con avidez en su morral. Alentada por el ejemplo, Bianca hizo lo mismo con una piedra de topacio.

No duraron mucho tiempo, Pippo dejó de martillar una aguamarina.

—Se movió —exclamó con voz sofocada.

—¿Qué cosa? —preguntó Bianca mientras golpeaba un cobalto.

—La piedra, miren, lo hace de nuevo —la señaló con dedo tembloroso.

Entonces nos dimos cuenta.

Aquel lugar no era una mina con tesoros, en realidad se trataba de un banco de estrellas de mar, había especímenes hasta de veinte brazos, y lo que estábamos admirando hasta ese momento era su camuflaje; el cuerpo color arena servía de soporte a las piedras preciosas que se incrustaban en la parte superior, como regalos envenenados.

En un parpadeo las estrellas se giraron, ocultando su traje de gala. Una de ellas cubrió la mano de Pippo con una bolsa de apariencia carnosa.

—Es su estómago —dije a modo de breviario científico—, las estrellas sacan sus estómagos para envolver a su presa.

Pippo intentó liberarse en medio de gritos horrorizados, yo saqué mi estilete e hice un profundo corte en la estrella, le arranqué tres brazos, fue un impulso bastante tonto, con beneficios reproductivos, pues cada pedazo es capaz de formar otra estrella.

El segundo ataque lo hice directamente contra el estómago del molusco y rescaté la mano de Pippo.

—Gracias —sollozó, dándome un abrazo.

—No me agradezcas ahora —lo aparté—, mejor empieza a correr para salir de aquí.

No iba a ser fácil escapar, un grupo de estrellas se deslizaron de la pared, otras se arrojaron del techo, había algunas tan grandes como tortugas caguamas. Si nos poníamos románticos hubiera podido decirse que estábamos viviendo una auténtica lluvia de estrellas.

Las atacamos con los estiletes, pero eran demasiadas. La solución la encontró el doctor Hillinger cuando les arrojó un paquete de frijoles con la intención de noquearlas. Por supuesto que no lo consiguió, aunque accidentalmente descubrimos que les fascinaron nuestros frijoles.

Nos pusimos a abrir todas nuestras provisiones, se abalanzaron sobre los garbanzos, habas y leche condensada. Goteaban enzimas de placer.

Mientras disfrutaban su merienda escapamos hacia el final del túnel, caímos en un río de agua helada (que afortunadamente no tenía inquilinos desagradables). La corriente era benigna y nos arrastró con suavidad, con excepción de Pippo, que se hundió como el *Titanic* en cuanto entró al agua.

—¡Tira la bolsa! —le gritó el doctor.

Pippo se aferraba a su morral de piedras preciosas como si eso valiera más que su vida.

—¡Tírala! —le volvió a gritar el doctor.

Cuando notó que se hundía hasta el fondo, Pippo recapacitó y quiso deshacerse de su tesoro, pero se había amarrado demasiado bien las correas a los brazos.

Sinceramente ya estaba cansado de salvarle la vida a Pippo, ¡así que después de todo me había convertido en su tutor! ¡Yo, que según sus palabras, era apenas un niño!

Y aunque le tuviera odio y resentimiento, no podía dejar que nadie muriese frente a mis narices, aunque se tratara de un duquesito inútil. En esa ocasión me sumergí, abrí la mochila y dejé caer las piedras al fondo del río. Pippo salió a la superficie desesperado.

—¡Mis joyas!—se quejó mientras aspiraba bocanadas de aire.

—¡Cállate, te estabas ahogando! —le regañé.

—No dejaste ni una.

—Silencio —nos calló el doctor—, oigan eso...

A lo lejos se escuchaba un extraño rumor de agua.

El ruido comenzó a crecer a niveles atronadores.

—Suena como... como una cascada —balbuceó el doctor asustado.

Nadie tenía intenciones de ir a comprobarlo, así que nadamos en sentido contrario; fue inútil, la corriente se aceleró arrastrándonos con poderosa furia, el agua nos succionó hacia el fondo machacándonos contra el lecho del río. En un momento dejamos de sentir el suelo y caímos al vacío. No supe qué sonido era más horrible, si el despeñadero de agua o nuestros gritos aterrorizados.

Cuando abrí los ojos, me encontraba flotando en un estanque espumoso, había suficiente luz para ver la cascada de quince metros por la que habíamos bajado. A lo lejos estaba Bianca rezando en portugués y, a mi lado, Pippo flotaba boca arriba como ballenato. El doctor Hillinger, con su facilidad para la natación, ya se encontraba cerca de la orilla.

—¡Agárralos, no dejes que se alejen! —me gritó.

Si pensé que había pasado el peligro, no había observado el centro del estanque: allí se formaba un colosal remolino, un desagüe que parecía conducir al mismísimo averno.

El doctor Hillinger tomó a Bianca de un pie, ésta me agarro de un brazo y yo sujeté a Pippo de los cabellos, así pudimos formar una cadena y salir.

Nuestra aventura acuática nos había dejado casi desnudos, con la carne enrojecida, las vendas desgarradas y las heridas al descubierto. Para colmo, no teníamos comida, cobertores ni armas; pero eso sí, estábamos vivos, aunque nadie podría asegurar si esto último era bueno o malo.

—¡Odio este lugar! —lloró Pippo— ¡Todos nos quieren comer!

Luego de hacer recuento de nuestras heridas, inspeccionamos el lugar al que habíamos llegado, vimos un campo de piedras luminosas, con géiseres de vapor; en el techo había una cúpula de granito con nubes amarillentas, y se adivinaban huecos como de red, que daban al abismo de agua.

Pippo y yo nos volteamos a ver sorprendidos.

Era un milagro, estábamos exactamente en el lugar donde comenzó el viaje, donde aterrizó el *Nemo III*.

—Es verdad —aseguró Pippo y señaló unas cuevas a lo lejos—, por allá es por donde entramos.

Efectivamente, estaban las cuevas, la grande (de nuestra perdición) y otras dos pequeñas. Al parecer habíamos dado una vuelta completa a la burbuja suboceánica.

Inmediatamente pensé en buscar los restos de la nave, allí podría haber algunas provisiones y ropa.

Las esperanzas se vinieron abajo cuando llegamos al pie de las cuevas. Efectivamente había rastros del aterrizaje, pedazos de cristal, un tornillo por aquí, una palanca por acá, pero no estaba la nave, mucho menos una lata de comida olvidada.

Pero eso no fue lo más sorprendente; a unos metros habían colocado pequeñas piedras luminosas para formar una serie de letras y números.

Yo sabía qué era, pero fue Bianca quien lo explicó.

—Es un criptograma anticientífico —aseguró con una sonrisa esplendorosa.

13 Laberinto de conocimientos

EVIDENTEMENTE era la colocación de un libro anticientífico, el *EE.LB.112.65.5*, del sabio Endulfo de Elcis, investigador aficionado de los laberintos.

Yo no era un especialista en su vida, pero en la biblioteca de Roma leí un compendio acerca de su teoría. Endulfo de Elcis nació en Estambul a mediados del siglo XVII, hijo de un misionero protestante y una enfermera árabe. Su nacimiento, prohibido en aquellos tiempos, obligó a que lo regalaran a unos mendigos de la ciudad de Ankara, famosa por sus calles de trazo complicado. Tal vez de ahí le vino su obsesión por los laberintos. Endulfo aseguraba que los laberintos eran el medio perfecto para desarrollar el cerebro humano (pues el mismo cerebro es un laberinto de tripas). Según la leyenda, el erudito propuso que las escuelas y universidades se construyeran en forma de laberinto, en su interior habría camas, aulas, laboratorios, bibliotecas, maestros. Los alumnos deberían entrar bajo su propio riesgo, los torpes y flojos morirían extraviados, sólo los buenos saldrían sabios y victoriosos.

Claro que ni Pippo ni el doctor sabían nada de esto, Bianca no se tomó la molestia de hacer ninguna reseña, sólo abrevió lo fundamental:

—Es la colocación de un libro anticientífico.

—¿Libro anticientífico? ¿A qué se refiere? —preguntó Pippo.

—Por aquí debe de existir un camino o laberinto para llegar a algún lado.

—¿Adónde?

—A algún lado, no lo sé... allá hay más información.

Escritas con tiza, había al lado de cada cueva varias cifras: 1654, 1662, 1666.

—¿Pero quién escribió todo eso? —preguntó el doctor examinando los números.

—Debieron ser los Cavalli —aseguró Bianca.

—¿Y estos números qué significan?

—Son fechas.

—¿Fechas?

—Sí, uno de esos números es el probable año del nacimiento de Endulfo de Elcis y eso significa que hay que entrar a la cueva que tenga la fecha correcta.

Todo era tan enredado… pero era muy probable, era del tipo de juegos que les gustaba hacer a los anticientíficos.

—¿Y tú sabes cuál es la fecha correcta? —le preguntó el doctor Hillinger.

Bianca se acercó detenidamente para revisar cada acceso, luego señaló una cueva pequeña.

—Ésta es.

—¿Estás segura?

—No por nada fui anticientífica tantos años —estudió los números—: Endulfo nació en 1666, el año de la peste en Inglaterra y del incendio de Londres, su padre vio esto como un mal presagio por sus pecados y regaló a su hijo a los limosneros de Ankara.

Yo no podía asegurar que esa fuera la fecha correcta, mis estudios de anticiencia, aunque entusiastas, eran bastante superficiales y desconocía ciertas minucias como las efemérides.

Confiamos en Bianca y entramos.

El terreno y la textura de las paredes eran parecidos a los de la cueva grande, adosada con grandes trozos de mármol verde; el único sonido notable era el de nuestros estómagos rechinando de hambre.

Unos pasos adelante encontramos sobre una roca dos canastas. Ambas tenían en su interior pescado seco, vasijas con agua selladas y cobertores.

Nos extrañó, no solamente el regalo en sí, sino el material con que estaban hechas. Las canastas parecían tejidas con algas, y las cobijas de una tela suave y grumosa. Definitivamente no podrían haberlas conseguido Graziella o Salvatore, aquello era obra de los Cavalli.

—Ellos están aquí, desde hace quince años, esperándonos —aseguró Bianca.

—Yo sigo sin entender —opinó Pippo—, si están aquí ¿por qué no nos rescatan simplemente, en lugar de dejar tantas pistas?

—Es muy simple —explicó Bianca—, se están previniendo por si bajan *los otros* —nos miró—. Deben haber encontrado la nave y como no saben a quién le pertenece dejaron pistas para que sólo lleguen los verdaderos anticientíficos a su escondite, así lo hubiera hecho Endulfo de Elcis, sólo los buenos alumnos son aprobados con la vida.

Y para apoyar las palabras de Bianca, las canastas tenían más claves: *JH.809.80.3* se leía en una y *EVR.1267.81.1*, decía la otra.

Bianca nos ayudó a desentrañar las claves:

—La primera es acerca del tratado de Jeronimus Harmon, fumigador de alimañas invisibles, sostenía que tanto la triquina como las lombricillas de leche son las causantes de enfermedades tan graves como la paspusia o debilidad mental. Estos bichitos, que habitan originalmente en los cerdos, atacan al sistema neurológico del ser humano, ocasionando verdaderas epidemias sin que nadie se dé cuenta, han estupidizado a grandes sectores de la población, incluyendo imperios tan importantes como el romano. La segunda clave pertenece a Erick van Rick, el abogado que intentó establecer una declaración de los derechos de todo, en la cual defendía cualquier tipo de vida, por más dañina que ésta fuera... las claves son muy diferentes, y la verdad no sé qué quieren decir.

—Tal vez uno de los alimentos esté envenenado —sugerí.

—Exactamente... así que la comida buena debe de ser la del abogado.

—¿Estás segura? —volvió a preguntar temeroso el doctor.

—Claro.

Esperamos a que Bianca empezara a comer, y al ver que no se le amorató la lengua, ni se le volvieron amarillos los ojos, comimos nosotros. El platillo estaba delicioso, nos regresó el alma al cuerpo.

Después de descansar, Pippo sugirió que acortáramos todo el asunto de pistas y laberintos y que llamáramos a los Cavalli de una vez para que nos salvaran.

—No tiene caso —aseguró Bianca—, debieron pasar por aquí hace semanas, cuando descubrieron la nave e idearon la prueba del laberinto.

Me pregunté cómo estarían, después de quince años de vivir en aquel infierno; no creo realmente que se comportaran como personas normales (considerando además que nunca fueron normales).

Unas horas después encontramos un pozo con agua dulce y limpia (donde nos lavamos), fue lo único notable en los siguientes seis kilómetros pues avanzamos varias horas sin que variara el panorama de mármol, tan monótono que parecía un laberinto de feria, donde los espejos se colocan uno frente a otro.

Luego de una jornada de ocho horas de camino, llegamos a una desviación, ambos caminos con sus respectivas claves escritas con tiza. En esta ocasión no se trataba de colocaciones de libros anticientíficos sino del lenguaje secreto que usan los anticientíficos para escribir cartas y telegramas (la solución es muy sencilla, simplemente usan una letra anterior del alfabeto para escribir un mensaje). En un camino decía: "onq zpth mn" o sea: "por aquí no", y el otro tenía las letras: "onq zpth rh" que quiere decir: "por aquí sí". Tomamos este último.

Ya en el interior encontramos una frase que nos felicitaba en escritura normal: "Van bien, por aquí pasaron los guardianes de la bestia."

En ese túnel la temperatura ambiente era más cálida, lo que nos hizo imaginar la posibilidad de un ecosistema diferente a los que habíamos visto. Se confirmaron nuestras sospechas durante la segunda jornada de camino, cuando encontramos otra canasta de comida que contenía hongos y cereal. Eso sugería que en algún lugar de las profundidades existía vegetación.

El doctor Hillinger estaba muy impresionado por todo lo que estábamos viviendo; pero se guardaba de hacer comentarios, su mente, cuadrada y analítica, se resistía a acceder a nuevos conocimientos; en cambio, Bianca se encontraba muy tranquila y hasta se veía relajada y feliz.

Al final de la tercera jornada nos encontramos con una enigmática construcción, se trataba de un cuarto de ladrillos de roca cristalizada, cimentado sobre una base de tres metros de altura; una escalera conducía a la puerta principal.

Subimos hasta el interior, había agua y alimento suficiente para varios días, el techo estaba particularmente reforzado con travesaños. En una pared se leía una leyenda que decía: "Cuídate de las lágrimas del cielo."

—¿Qué quiere decir esto? —preguntó Pippo.

—Creo que debemos esperar aquí —dijo Bianca —, va a llover.

La miramos sorprendidos.

—¿A qué te refieres? —preguntó el doctor.

—"Cuídate de las lágrimas del cielo" es un proverbio del maestro Baberio Han Sanmin, un sabio experto en provocar lluvia. Baberio fue famoso porque viajó por todo el mundo, visitando tribus y pueblos para reunir más de dos mil recetas especializadas en atraer agua. Los métodos van desde oraciones hasta danzas y ritos ceremoniales. Baberio Han Sanmin descubrió que todos estos métodos guardan un origen básico que consiste en reproducir ciertos sonidos del lenguaje del agua; pues todo tiene su propio idioma, cada animal, ya sea mamífero, reptil o insecto, así como las plantas y cualquier parte de la naturaleza, tiene su propia forma de comunicación; si uno la aprende, puede manejar a su antojo lo que quiera. Si se conoce el lenguaje del agua puede alterarse la corriente de un río, drenar un lago, secar un pantano, inundar una cuenca, e incluso apartar las aguas del Mar Rojo, como lo hizo Moisés, que conocía perfectamente el idioma acuático. Baberio Han Sanmin era capaz de llamar al agua, incluso en el desierto de Atacama, en Chile, uno de los más secos del huevo terrestre, perdón, del planeta; él fue capaz de terminar con siete años de sequía y atrajo una tormenta prodigiosa que provocó el renacimiento de semillas enterradas, y por unos días el desierto se convirtió en un valle de flores amarillas. Baberio Han Sanmin murió hace muchos años, pero dejó un ensalmo en el desierto de Atacama en Chile, donde una vez cada siete años el desierto se transforma en un campo de flores.

Me quedé anonadado, como siempre me ocurría después de escuchar un relato anticientífico. Pippo estaba igual que yo. El único que parecía inmune al hechizo de la anticiencia era el doctor Hillinger.

—Bonita leyenda —dijo con sorna—, pero no sé a razón de qué viene ahora esa historia.

—¿Cómo de qué? —exclamó Bianca ofendida—. Es clarísimo, si citaron el proverbio de Baberio Han Sanmin, quiere decir que ésta es una zona de lluvias... y de las fuertes.

—Momento, ¿estás diciendo que va a llover en este lugar? ¿En el interior de una cueva de piedra?

Bianca asintió.

—No sé cómo pasará, pero de que lloverá, estoy segura.

El doctor levantó los brazos con impotencia, era evidente que pensaba que Bianca había vuelto a enloquecer.

No insistimos más en la plática pluvial y decidimos aprovechar el cuartito para dormir. Era muy cómodo, creo que desde que bajé al fondo del mar, fue la primera ocasión en que realmente dormí tranquilo.

Nos despertó una llovizna golpeando el techo de nuestro albergue, el doctor salió a ver qué ocurría.

—No lo puedo creer —murmuró.

Nos asomamos a la puerta y presenciamos uno de los más extraños fenómenos de nuestra vida: todo el techo se había llenado de pequeñas goteras que formaban una lluvia lodosa, al contacto con el piso caliente el agua se evaporó creando nubes, que a su vez se precipitaron en forma de tormenta. En unos minutos había un diluvio afuera, con todo y ríos arrastrando toneladas de lodo a su paso.

Esa lluvia, además de barrer con las piedras, también derrumbó los cimientos que sostenían la cordura de Bianca.

—Es la anticiencia —dijo con tono triunfal, mientras observaba el aguacero iluminado por tormentas eléctricas.

—¿Cuál anticiencia? —se quejó el doctor—. Esto no es ninguna de tus teorías absurdas.

—¿Entonces qué es?

—No lo sé, debe haber filtraciones en el techo o algo así, no me preguntes, todo aquí es tan raro, son fenómenos desconocidos.

—Fenómenos desconocidos... —repitió Bianca para sí—, eso mismo es la anticiencia.

Y es que era imposible no rendirse ante la desmesura de aquel mundo subterráneo.

Creo que hasta el doctor Hillinger se sintió descontrolado, y mientras duró la tormenta nos relató de nuevo el asunto del hospital de Albania, para que no perdiéramos la brújula de la razón.

Las lluvias y la tormenta mental (que fue la más fuerte) se despejaron a los dos días, al final el aire estaba impregnado de neblina.

Caminamos durante cinco horas hasta topar con una inmensa muralla que indicaba el final del camino, en el piso se abrían dos fosas, y cada una tenía una clave: *TN.OV.1933.56.6* y *TN.OV.1933.56.8.*

—Es ésta —dijo Bianca señalando la última

El doctor y Pippo se estaban preparando para descender cuando los detuve.

—Momento, creo que hay un error.

Me miraron.

—¿Error? —preguntó Bianca, sarcástica—. Ésta es la clave de la ovología, como si no supiera.

—Sí lo es, pero el número final es otro, es seis... no ocho.

—Tú qué sabes... adelante, métanse —repuso, enojada.

—¡No! —los volví a detener—. Conozco perfectamente la clave, Bianca nos quiere engañar para deshacerse de nosotros.

Bianca se puso frenética, comenzó a insultarme en portugués, se agitó de tal manera que fue necesario tomarla entre todos, sólo se calmó con unas generosas bofetadas que le dio el doctor Hillinger a modo de terapia.

Nos deslizamos por la fosa que yo indiqué y salimos a una pradera. El suelo estaba cubierto por pasto y la luz era mucho más potente, venía de una gigantesca bola de fuego que estaba encima de nuestras cabezas; el techo de granito estaba pintado de azul y había dibujos de nubes, como un escenario de teatro.

Se acercó a nosotros un niño, de unos nueve años, era pálido y hermoso, vestía un traje de la misma tela que los cobertores que habíamos encontrado en las canastas. Del otro lado apareció otro grupo de niños, todos nos miraron con curiosidad y nos hicieron señas para que los siguiéramos.

Caminamos hasta una cuesta, abajo se extendía un valle con una visión espectacular: era una ciudad blanca, de paredes brillantes, construida a base de nácar y sal comprimida, en las avenidas había una gran efervescencia, hombres y mujeres, vestidos de gasa azul y verde, a la usanza de túnicas romanas, caminaban con libros en las manos. Descubrimos que el pequeño sol estaba montado en una torre de metal, había muchos conductos de aire que desembocaban en la atmósfera, el oxígeno era fresco y limpio.

Era el paraíso. Era la ciudad de la anticiencia.

14 La ciudad de la anticiencia

EL resto de los pobladores se acercó a nosotros; eran bastantes, unos trescientos, no parecían ni sorprendidos ni enojados por nuestra presencia, tenían expresión benévola en el rostro y, de entre todos, salió un hombre joven, muy pálido, de vestimenta más oscura que el resto, que nos habló en francés.

—Mi nombre es Jacques, soy el secretario general y les saludo en nombre del alcalde y de todos los habitantes —se presentó con gran ceremonia—, bienvenidos, pues si han llegado aquí son anticientíficos, ésta es su ciudad.

—Gracias —respondió Bianca, feliz—, hemos tenido un viaje largo y pesado.

Los chicos nos bajaron por la ladera, mientras que los demás proclamaban expresiones de júbilo.

—¿Pero qué diablos es esto? —me preguntó el doctor Hillinger al oído.

—No lo sé, pero se ve que adoran a los anticientíficos... le recomiendo que no diga que es de *los otros*, podría pasársela muy mal.

Jacques nos estrechó las manos e hizo una gran reverencia, luego la multitud nos siguió por la calle, había gente de todas las edades, pero sobre todo jóvenes, de piel casi transparente y azulada.

Nos condujeron por una calle pavimentada con losas de mármol. Bianca estaba feliz, al igual que Pippo; el doctor Hillinger se notaba un poco asustado; por mi parte, no dejaba de preguntarme qué lugar era ése y quiénes eran todas esas personas. Pensé incluso en la posibilidad de que esos personajes hubieran estado allí desde el principio de los tiempos; en la biblioteca de Roma leí un folleto en el que decía que alguna vez la Tierra tuvo varias capas, como cebolla, y en cada una habitaba una raza diferente.

La calle estaba flanqueada por construcciones de dos plantas, muy blancas, con ventanales adornados con piedras de colores; al frente (a donde nos dirigíamos) se erigía un edificio imponente, con escalinatas de piedra translúcida y columnas salomónicas de ágata pulimentada; a los costados, se apostaban dos guardias que abrieron la puerta para dejar pasar a Jacques, a nosotros y a una pequeña comitiva.

El interior del edificio era más impresionante aún, en el techo había vitrales de piedras iridiscentes que formaban claves y nombres anticientíficos. Colgaban grandes candelabros de coral con lámparas de aceite. Al fondo, había un gran escritorio vacío. Nos detuvieron a la mitad del salón, Jacques nos hizo la seña de que esperásemos y salió de la habitación.

Ninguno de nosotros se atrevía a hablar e intercambiábamos miradas colmadas de inquietud y desconcierto.

Al minuto apareció Jacques, venía acompañado de otro grupo, de gente que frisaba los setenta años; debían ser muy importantes porque sus túnicas tenían un resplandor platinado y llevaban tiaras sobre la cabeza. Los hombres hacían escolta a un joven de túnica dorada, tal vez de mi edad, que parecía un poco miope por la expresión ceñuda de los ojos. Se sentó en el escritorio, era evidente que se trataba del jefe de todos.

—Preséntense —pidió Jacques.

Bianca se acercó al joven y tras una reverencia dijo:

—Soy Bianca Rosa Savacedo, zoóloga anticientífica, especialista en la evolución de los primates, pretendo recuperar el animal interior del hombre, pues es más perfecto y sabio. He escrito tres investigaciones y fui presidenta del Instituto de Anticiencia de París.

Se escucharon exclamaciones de admiración, y algunos osaron aplaudir; luego, Jacques me señaló, di un paso al frente. Intenté decir, ante todo, lo más cercano a la realidad.

—Soy Rudolph Green, alumno de Salvatore Vezza, Genovevo Albani y los gemelos Marino y Mariano Lulli, soy estudiante de ovología del Instituto de Anticiencia de Roma.

Se escucharon más exclamaciones y ahora aplaudieron con más confianza.

Luego le tocó el turno a Pippo, estaba nervioso, sudaba copiosamente.

—Yo soy Pippo Ceveraux —dijo con voz frágil—, acabo de entrar en esto, me gusta mucho la teoría de las nubes, creo que será muy práctico para viajar y también es mi maestro Salvatore y los otros.

Aplaudieron moderadamente.

Finalmente Jacques dio la indicación al doctor Hillinger para que pasara al frente. Me inquieté, ojalá no cometiera alguna imprudencia; pero el doctor estaba acostumbrado a mentir y a adoptar personalidades, así que habló resuelto.

—Yo soy el conde Luchino Maggio, investigador de los minerales parlantes y estudio la fotosíntesis como posible generador de energía para el ser humano, hago transfusiones de savia, en lugar de sangre.

Los hombres de túnica plateada hicieron comentarios entre sí, era evidente que esas anticiencias les eran desconocidas y por tanto sospechosas.

—Son nuevas investigaciones —explicó el doctor—, apenas las estoy implementando.

—¿Y por qué tiene la piel quemada? —preguntó Jacques con desconfianza.

El doctor se quedó en silencio por un momento, mismo que aproveché para decir:

—Lo quemaron nuestros enemigos, cuando defendía su centro de estudios.

—¡Un mártir! —alguien exclamó por allí.

Los aplausos fueron atronadores, hasta el joven miope sonrió calurosamente, y finalmente nos dirigió unas palabras:

—Yo soy Amadeo, el jefe de la ciudad de la anticiencia, les doy la bienvenida, y les prometo que serán atendidos como los visitantes distinguidos que son.

Hizo una seña a los guardias y nos llevaron a unas habitaciones a un costado del salón principal, ya habían dispuesto ropa de fibra vegetal y una gran almeja con agua tibia para que nos bañáramos. A cada uno se nos asignó un cuarto equipado con tres sirvientes que se encargaron de asearnos, limpiarnos las heridas, untarnos aceites aromáticos y, por supuesto, vestirnos como los de la ciudad.

Todo era muy extraño, para empezar no se veía a los Cavalli por ningún lado, y qué decir de toda esa gente... ¿De dónde habían salido? ¿Qué hacían allí? ¿Y por qué nadie se veía interesado en pedir ayuda para que los sacáramos? Eran demasiadas preguntas, no tardarían en ser contestadas.

Justo a la hora, pasó Jacques por nosotros.

—¿A dónde nos llevan? —le pregunté.

—Al desfile de presentación.

Afuera del edificio, se encontraba un carromato con motores de vapor, tenía todo el aspecto de un carro alegórico, con adornos de piedras de colores y papeles pintados. Arriba, sentados en butacas forradas con tela brillante, estaban Pippo, Bianca y el doctor Hillinger, todos muy limpios y repuestos.

Durante el trayecto, Jacques fungió como guía de turistas y nos explicó que la ciudad tenía novecientos doce habitantes (muchos de ellos niños), vivían en ciento trece manzanas perfectamente trazadas, todos los hogares estaban construidos con materiales marinos, tejas de concha de molusco, paredes de liquen endurecido a fuego recubiertas de mosaicos de colores. Usaban piedras preciosas como ornamento, eran tan abundantes que muchos enmarcaban las ventanas con perlas y aguamarinas. El alumbrado público se cubría con pequeñas farolas en cada esquina, además de un sol artificial de sesenta metros de circunferencia que ellos mismos habían construido y que alimentaban con hulla obtenida de una mina cercana.

—¿Cómo es que no se consume el aire? —preguntó el doctor.

—Porque hay corrientes de nitrógeno que nos permiten encender fuego, tenemos perfecto control de las presiones, nuestros ingenieros vigilan a toda hora nuestra delicada situación.

—¿Pero quiénes son ustedes? —pregunté desesperado de tanto misterio.

—Los guardianes de la bestia —repuso, orgulloso.

—Sí, lo supongo, pero ¿cómo llegaron aquí?

—Ah, somos de la asociación Menoux.

Entonces lo entendí todo, como un relámpago. ¿Cómo no lo había pensado antes? Toda esa gente era descendiente del grupo que bajó con el profesor Jean-Michel Menoux hacía cincuenta años, eran los hijos y nietos de aquellos treinta estudiantes belgas de ovología, de ahí su idioma; habían logrado sobrevivir y fundar su propia ciudad, era asombroso.

En las calles, la población hacía valla para arrojarnos papeles de colores y pequeñas piedras preciosas que Pippo reunía con especial interés.

—Pero, ¿ustedes saben quiénes somos nosotros? —le preguntó el doctor Hillinger con ciertas reservas.

—Visitantes del cielo —respondió Jacques inmediatamente.

—¿En verdad creen en eso?

Lo vio como si su pregunta fuera un insulto de lo simple.

—Hasta los niños más pequeños saben que el cielo está poblado. Allá arriba hay ciudades, incluso más grandes que la nuestra, y un sol casi del tamaño del que tenemos aquí pero más brillante; sabemos que arriba viven anticientíficos, gente muy buena que cuida la vida y hace grandes descubrimientos; pero también sabemos que hay gente mala que no quiere la vida, como los ongruos.

—¿Ongruos?

—Sí, muy malos, engañosos, no creen en nuestras leyes.

Se refería a *los otros* evidentemente.

—Todos provenimos del cielo —dijo, orgulloso de sus conocimientos—; pero nosotros tenemos una misión acá abajo.

No pudimos seguir la conversación porque en ese momento llegamos a la plaza principal de la ciudad, una espaciosa explanada rodeada de arcos. Todos los habitantes se habían dado cita para saludarnos.

Sobre una plataforma, una banda de músicos ejecutaba melódicas piezas con caracolas y arpas hechas con hilos de goma vegetal; me sorprendió la armonía y temple de aquellos instrumentos.

En la plaza se encontraba una enorme veleta que marcaba el centro de la ciudad; a partir de allí se desprendían las calles principales, tenían su nombre escrito en placas de obsidiana: "avenida de la Nubología", "calle de la Antigravedad", "paseo de la Antimúsica"; pero lo que más me sorprendió fue un conjunto de estatuas hechas en piedra pómez, había muchos rostros indescifrables (supongo que uno era de Atanasio Pereda y Garfias). Los que reconocí eran los monumentos de Salvatore y Genovevo, estaban representados en la flor de su juventud.

Por lo visto aquel pueblo era proclive a fiestas y héroes, lo comprobé cuando un alud de poetas se acercó para leer cada uno sus obras épicas, inspiradas en nuestras personas. De igual modo los oradores se esmeraron con grandes discursos y los pintores y escultores se apresuraron a captar nuestras mejores poses y ángulos para monumentos venideros. De entre todos, el que más éxito tenía era el doctor Hillinger, al que tomaban como mártir.

Con todo esto, Bianca había vuelto a abrazar la anticiencia con lealtad eterna y Pippo estaba deslumbrado, sobre todo con las joyas.

Amadeo, el miope y joven alcalde, miraba complacido el espectáculo, entrecerraba los ojos, ayudado con unos espejuelos hechos a base de rejillas.

Después de presenciar un sinfín de actos de recibimiento (bailes, coros, actuaciones infantiles) hubo un espacio de calma que aproveché para acercarme a Jacques y hacerle la pregunta más importante:

—¿Alguna vez recibieron visita de los anticientíficos Udolfo y Valeria Cavalli?

—¿Los Cavalli? —preguntó con respeto— Claro, ellos nos han enseñado casi todo lo que sabemos.

—¿Podría ir con ellos?

—La visita la tenemos contemplada para después de la bienvenida pública

Mi corazón comenzó a acelerarse; por fin, todo el asunto iba a tener un final, la última pieza del rompecabezas.

Luego de las ceremonias, Jacques nos llevó a las afueras de la ciudad, parecía un lugar muy importante, ahí se encontraba la torre que sostenía el sol artificial; entre andamios y escaleras se encontraban los trabajadores, y justo debajo, como cimiento, había un edificio de piedra caliza, en la puerta se encontraban dos monumentales guardianes de piedra, eran las efigies de Udolfo y Valeria Cavalli, majestuosas. Tenían las manos extendidas al sol, en señal de triunfo.

—Allí están —los señaló Jacques.

—Ésas son estatuas —observé.

—¿Quiere más?

—Bueno, me gustaría verlos en persona.

—Temo que no podré complacerle —dijo Jacques, con tristeza—, los Cavalli hace mucho que dejaron la existencia cotidiana.

—¿Murieron? —exclamó Pippo incrédulo— ¿Hicimos el viaje para rescatarlos y resulta que ya murieron?

—Bueno, no están del todo muertos —le consoló Jacques—, siguen comunicándose con nosotros.

—¿Cómo? ¿En forma de espíritus o algo así? —preguntó morbosamente el doctor Hillinger.

Jacques rió:

—No, claro que no, lo hacen como todos los que dejan el plano físico, se comunican y nos enseñan a través de palabras escritas.

Para ahondar en su explicación nos invitó a entrar al edificio, se trataba de una biblioteca muy parecida a la de Roma, las escaleras y niveles eran de cristal, al igual que los escritorios y libreros donde se acomodaban cientos de libros hechos a base de pulpa de algas. En algunas paredes había mapas y carteles con la clasificación de las subdivisiones de las ciento trece materias de la anticiencia. Destacaba, como siempre, la imagen de una salamandra dentro de un huevo.

—Éste es el lugar más valioso de la ciudad —nos aseguró Jacques— además de que es el edificio solar, aquí guardamos las palabras de los Cavalli. Para los que no los conocieron en vida, aquí vuelven a escuchar sus lecciones y aprenden a ser unos buenos anticientíficos. Allá —señaló un lugar con bancas— se dan las clases, también contamos con laboratorios, un auditorio y dormitorios para los estudiantes.

Nos llevó a la parte trasera de la biblioteca, donde había un museo con los objetos personales de los Cavalli: diarios, ropa, y los restos de las naves *Nemo I* y *II*, además algunas latas vacías y mensajes amarillentos que yo conocía bien: *Le consiglio di visitare la biblioteca romana di questa via e chiedere* TN.OV.1933.56.6.

—¿Y eso? —pregunté, sorprendido.

—Ah, eran mensajes que mandaban al cielo. Durante los primeros años que estuvieron aquí mandaron muchos, pero parece que nadie los recibió, eso les causaba mucha tristeza; después de que se fueron, nosotros seguimos mandando latas en su honor.

Pensé que era una oportunidad fabulosa para enviar mensajes a Genovevo y a los gemelos Lulli.

Luego de recorrer la biblioteca y la escuela regresamos al edificio central para el banquete de bienvenida, en el camino me hizo algunas observaciones el doctor Hillinger, tenía los ánimos francamente desbordados.

—Cuando sepa esto la asociación psiquiátrica de Berlín, me dará el máximo galardón de los psiquiatras —casi lloraba con la idea—. Un ecosistema esquizofrénico, jamás se había visto nada igual.

—No conviene que diga nada ahora —le advertí—, podríamos convertirnos en ongruos y no me gustaría saber cómo tratan a sus enemigos.

Llegamos al edificio central, allí nos esperaban ya nuestros sirvientes para arreglarnos para el banquete, aproveché cada minuto para interrogarlos y formar un panorama de aquella insólita ciudad.

Mis sirvientes Claude, Alain y Tristan, eran de la tercera generación de alumnos del profesor Menoux, me explicaron que según la leyenda sus abuelos habían bajado del cielo para entrar al corazón de la bestia, lucharon cuarenta días y cuarenta noches, hasta que la bestia los arrojó; en la batalla murió el padre Menoux y todos los abuelos y niños quedaron solos, vagando en las cuevas durante once mil días y sus noches. El hambre y el frío les hizo olvidar su misión, y sus cabezas quedaron huecas como un cascarón vacío, eran salvajes y luchaban entre sí, comían piedras y serpientes de arena, tuvieron hijos, y éstos estaban a punto de volverse salvajes cuando llegaron del cielo los padres Cavalli, que venían a luchar con la bestia. Encontraron a los abuelos y padres de cabezas huecas, las rellenaron con palabras y les enseñaron de nuevo la luz del conocimiento. En cinco mil días y sus noches construyeron la ciudad, dieron paz y se constituyeron los guardianes de la bestia. Los Cavalli murieron en un accidente en el campo de los géiseres mientras enviaban mensajes al cielo.

Según lo que me dijeron los muchachos, la sociedad estaba perfectamente organizada, se casaban bastante jóvenes, entre los trece y quince años, y las mujeres llegaban a tener hasta doce hijos, todos eran bienvenidos. Los niños permanecían con sus padres hasta los cuatro años, edad en que iban a vivir a la escuela-biblioteca para aprender anticiencia.

La mañana la utilizaban para cazar, recolectar agua dulce, alimentos o combustible, y en la tarde estudiaban; los mayores enseñaban a los pequeños.

La ciudad estaba gobernada por Amadeo, el joven alcalde, que a su vez se apoyaba en un cabildo, compuesto por los habitantes más viejos; juntos tomaban las decisiones generales y ejercían las leyes de justicia.

Había varios puestos que desempeñar en la ciudad, uno podía hacerse maestro, recolector, investigador, trabajar en el edificio central o ser escultor de monumentos.

Uno de los trabajos de mayor importancia (además de ser empleado del edificio central) era ser encargado del sol; treinta obreros lo cuidaban, lo prendían y apagaban cada doce horas, para hacer las veces de día y de noche; ellos mismos recolectaban la hulla, el principal combustible. Por el momento el sol estaba estático y eso había ocasionado quejas porque algunas casas recibían más luz y calor que otras, pero eso se iba a solucionar porque estaban construyendo un mecanismo para que el sol mecánico cruzara el firmamento.

El tiempo lo medían con una clepsidra, un enorme reloj de agua que habían construido para controlar las actividades de toda la ciudad.

La virtud y belleza de una persona estaba en relación con su inteligencia y conocimientos acumulados, una chica que supiera recitar varios libros de anticiencia y que fuera experta en fenómenos químicos podía ser asediada por muchos pretendientes.

El aspecto físico de todos era similar: delgados y atléticos, de piel un poco lívida, les gustaban los adornos, como ponerse esmeraldas en el cabello y rubíes en algún hueco donde habían perdido un diente, soportaban muy bien el frío, y la tela que usaban provenía de una especie de seda producida por larvas. Todos eran excelentes nadadores, y cazaban muy bien.

La ovología era la anticiencia más importante de la ciudad, y se admiraba a todos los héroes ovólogos, eran muy comunes las niñas con el nombre de Hipergastria (la primera investigadora de la ovología).

La idea que tenían del exterior era muy vaga, le llamaban cielo y en cierta manera ellos eran responsables de todos los seres que vivían en los cielos, pues si no vigilaban a la bestia todo se acabaría.

Cada novecientos días, un grupo de valerosos jóvenes escogidos por sus méritos viajaba hasta una de las bocas de la bestia cósmica para envenenarla con una dosis de rocas de cal, era una misión peligrosa, muy pocos regresaban, y los que lo hacían llegaban tan enfermos y trastornados que morían al poco tiempo. Estos sacrificios se veían como cosa natural y necesaria.

Lo que más me sorprendió es que ninguno de ellos tenía intención o deseos de salir.

—Nuestro lugar está aquí —me dijo orgulloso Tristan—, para eso nacimos, para ser guardianes, tenemos mucho trabajo como para andar paseando por el cielo.

El banquete se organizó más tarde, incluso dejaron prendido el sol dos horas más para que lucieran mejor los vitrales.

La cena era espléndida, confeccionada con los más ricos y deliciosos pescados, almejas, frituras de harina de alga, salsa de musgo, setas rellenas, aderezo de pasto. Los colores de la comida podían ser desagradables, entre gris y verde amarillento, pero el sabor era realmente exquisito.

A tan importante ceremonia, asistieron alrededor de doscientos comensales y por lo menos un miembro de cada familia; nosotros, por supuesto, éramos el centro de atención, nos hacían decenas de preguntas sobre la anticiencia y nuestras palabras eran captadas por taquígrafos para luego hacer copias y guardarlas en la biblioteca. Desgraciadamente no éramos la mejor fuente, Pippo y yo éramos aprendices, el doctor Hillinger lo inventaba todo, Bianca era la más confiable, aunque todos los tratamientos psiquiátricos habían alterado buena parte de su conocimiento.

Entre las sopas y los platos fuertes nos entregaron unos trofeos de perlas de colores con la siguiente inscripción: "A nuestros primeros invitados anticientíficos del cielo, agradeciendo sus conocimientos."

Yo no quería regalos, sólo deseaba pedir a Amadeo un favor, era muy simple: deseaba que nos ayudara a organizar una expedición de rescate de Graziella y Salvatore. Esperé al momento del postre (caracolas asadas con miel de espora) para expresar mi propuesta.

—Señor Amadeo —dije antes de que empezara la sesión de cantos y recitaciones anticientíficas— desearía pedirle algo.

Me miró con una sonrisa amable.

—Tal vez no le avisamos con anterioridad por la agitación de nuestra llegada a su bella ciudad, pero quiero decirle que nosotros no somos los únicos anticientíficos que bajamos de visita, hay otros compañeros que desgraciadamente están perdidos, Graziella Cavalli y Salvatore Vezza, grandes y renombrados anticientíficos.

Se hizo un silencio sepulcral en toda la mesa, los doscientos comensales me miraron con los ojos fuera de las órbitas.

—¿Está hablando de Graziella Cavalli? ¿La hija de Valeria y Udolfo Cavalli? —preguntó Jacques.

—Exactamente, bajamos juntos, pero por un accidente nos separamos.

La noticia causó una conmoción general.

—¿Pero por qué no lo dijo antes? —exclamó Amadeo un poco molesto.

—Perdón, yo creí...

No pude terminar de disculparme, se canceló inmediatamente el banquete y se organizó la cuadrilla de rescate, luego me enteré de la razón de la premura e interés.

—Él es su hermano —me reveló Jacques.

—¿Quién?

—Amadeo, nuestro dirigente, es hijo de los Cavalli, de nuestros grandes padres.

Me di cuenta de que los Cavalli no solamente eran los maestros que llegaron a poner orden, en realidad eran los dioses de aquel sitio, y por lo tanto su hija era la princesa, perdida en quién sabe qué horroroso lugar, protegida por un legendario sabio anticientífico. Vaya, todos los ingredientes para una nueva leyenda, los poetas estarían felices.

Se organizó un eficiente equipo de voluntarios para el rescate, entre los que se encontraba un rastreador, experto en mapas y regiones intraburbújicas, dos hombres forzudos que dominaban varias armas, un antimédico, un capitán, ayudantes en general, Jacques, Amadeo, Pippo y yo. Ni Bianca ni el doctor Hillinger quisieron saber nada de caminatas, criaturas o hambres (en realidad el doctor quería quedarse para enviar mensajes y pensar en las posibilidades de subir al "cielo").

El rastreador se aterró cuando le describí la montaña donde habíamos perdido a Graziella y a Salvatore.

Me llevó a su oficina en el edificio central, allí tenía todos los mapas de los túneles, laberintos, ríos, grutas, lagos, burbujas, contenedores de lava. En todos esos años habían explorado las regiones, conocían los atajos que había en cada sitio y los recorrían periódicamente (fue así como encontraron nuestra nave). Al parecer, la montaña en la que entraron Graziella y Salvatore era considerada como una de las bocas de la bestia cósmica, un lugar peligrosísimo donde solamente se dirigían los jóvenes destinados al sacrificio; se hablaba de bestias y guardianes infernales.

Claro que yo ya no creía en eso, así que imaginé que podría ser una zona de remolinos succionadores o algo así, sentí pavor al pensar en Graziella y en el viejo, ¿dónde estarían en ese momento?

Nuestras dolorosas y largas travesías, armados con estiletes y llevando como alimento latas de frijoles congelados, nada tenían que ver con el viaje que se estaba preparando, ahora parecía que íbamos a conquistar un nuevo mundo. Repartieron armaduras de alga mineralizada, lanzas, cuchillos de punta de obsidiana, cuerdas, redes, comida preparada y un calefactor de aire a base de frotamiento de aceites que no producía combustión.

Al fondo de los campos de la ciudad había un muelle ovológico, era un lago con una importante red de conexiones de ríos de agua y aire, los habitantes eran expertos y viajaban a grandes velocidades por debajo del suelo, usando el sistema que practicamos en el tubo con aire, sólo que más especializado.

El capitán sabía transbordar, hacer conexiones y pasar de un río de aire a uno de agua o viceversa. Para realizar tales proezas habían construido espléndidas embarcaciones anfibias, con casco de cobre y motores de carbón.

A media noche salimos, la población nos despidió con entusiasmo, los niños gritaban mientras los poetas derramaban lágrimas de tragedia.

Pippo no estaba muy contento con mi presencia, había vuelto a renacer la añeja rivalidad entre nosotros, me recordó que Graziella era y seguiría siendo su esposa, estuviera chiflada o no.

Estaría loco para obedecer a Pippo.

15 La bestia ovológica

CIERTAMENTE había un problema además del estado civil de mi amada, y era: ¿cómo le diría a Graziella que el doctor Hillinger no era el villano, ni nosotros los genios que siempre pensamos? ¿Que en realidad los anticientíficos no habían descubierto nada? No podía llegar y decirle: "¿Sabes qué, mi vida?, estás loca pero yo te voy a ayudar a salir de ese estado de confusión y enajenación mental en el que has vivido." Si me acercase a ella en semejante actitud seguramente pensaría que me había pasado al bando de *los otros.*

Tenía que sacarla de la locura poco a poco, tal vez convendría decirle que el doctor y Bianca eran ahora anticientíficos convencidos, y luego hacer contacto con Genovevo y los gemelos para que nos sacaran. Sí, eso haría.

Navegamos muy rápido, el capitán conocía las corrientes del río y los peligros de cada zona; en un tramo quieto y cenagoso, los cazadores lanzaron brea al agua para alejar a las alimañas que vivían abajo.

Cuando entramos en una región completamente oscura, los ayudantes sacaron lámparas de gas con el fin de repeler a los moscardones que, como si se tratara de murciélagos, cruzaban las tinieblas ayudándose con un sensor sónico producido al agitar su aguijón.

Antes de entrar en el entronque de un túnel, el capitán nos ordenó que nos cubriéramos el cuerpo con mantas húmedas pues las paredes arrojaban arenilla caliente.

Después de pasar esos contratiempos, el resto del viaje fue más tranquilo. Amadeo iba muy emocionado por conocer a su hermana, comentó que sus padres le llegaron a platicar de ella, estaban convencidos de que no la volverían a ver. Me preguntó acerca de ella y yo intenté describirla como la mujer más bella, virtuosa e inteligente que había conocido (lo cual era cierto). Pippo se enojaba cada vez que yo elogiaba a su mujer, y entre los dos hacíamos competencia para hablar bien de ella y demostrar quién la conocía mejor.

Un viaje que nos hubiera llevado dos semanas si no hubiéramos contado con los transportes anfibios, lo realizamos en dos días, y sin necesidad de caminar o esforzarnos llegamos al interior de la montaña blanca.

Dejamos la nave y nos preparamos para continuar la expedición a pie.

Un silencio pesado se extendía entre todos. Podía sentirse el temor en el aire aunque nadie lo externaba, a excepción de Pippo, que se encontraba pálido y tembloroso como un pedazo de sebo.

Adelante, y a manera de protección, iban los hombres forzudos perfectamente armados, el rastreador, los cazadores, el capitán y sus muchachos. Pippo y yo íbamos atrás con Jacques, el antimédico y Amadeo.

Era una cueva como tantas otras que habíamos recorrido, de piedra ígnea, con un poco de fosforescencia. Había huecos arriba y abajo, dando la apariencia de que nos introducíamos en un trozo de queso gruyere.

—Ésa es la trampa de este lugar —aseguró Jacques—, nunca sabes cuándo entraste a la boca de la bestia.

Después de avanzar una media hora encontramos una pista. Se trataba un jirón de cobija y un trozo de pescado salado. Al parecer, aquel laberinto había sido el refugio de Graziella y Salvatore. El experto en mapas (que además tenía muy desarrollado el olfato) revisó los desperdicios y aseguró que habían sido abandonados hacía mes y medio, luego nos indicó el lugar por donde habían seguido su camino.

Pedí al cielo que tanto Graziella como Salvatore se encontraran fuera de peligro. Pippo debió hacer lo mismo porque comenzó a rezar en voz baja.

Avanzamos otra hora hasta encontrar la siguiente pista, esta vez se trataba de algo sorprendente:

En medio de montañas de tierra y piedra, localizamos un montón de chatarra metálica, con restos de cristales extragruesos regados por todas partes. Eso sí me desconcertó, pues nuestros restos de la nave ovológica ya habían sido transportados a la ciudad de la anticiencia.

La respuesta fue inmediata y más reveladora de lo que hubiera imaginado. Uno de los ayudantes tomó un pedazo de metal y nos lo enseñó, tenía una inscripción que decía: *Nemo IV*.

—¿Qué es esto? —preguntó Amadeo, confundido.

Yo sabía la respuesta, pero me negaba a aceptarla, aun así lo expliqué: posiblemente Graziella y Salvatore, en su desesperación, habían enviado una lata a Genovevo y a los gemelos Lulli pidiendo auxilio y éstos, a su vez, construyeron la última de las naves para bajar a salvarlos. Desgraciadamente había terminado igual que las otras naves ovológicas: destruida e incapacitada para subir los casi once kilómetros que nos separaban de la superficie.

El resto de la compañía se alegró mucho con mi explicación, eso significaba que había que rescatar a más anticientíficos, nada más y nada menos que a los más venerados de sus héroes, a los estudiosos de la ovología.

Pero el descubrimiento no me hizo ninguna gracia, de alguna manera Genovevo y los gemelos eran mis últimas esperanzas para que nos rescataran y ahora se encontraban en la misma situación que nosotros. En ese momento no había ni una sola persona en tierra firme que supiera de nuestra existencia. Y como si se tratara de un contingente que ahora ve claramente su objetivo, los hombres empezaron a cantar himnos anticientíficos. La letra no era demasiado ingeniosa, se dedicaba simplemente a enlistar materias y personalidades, para llegar a un estribillo conclusión de algo así como "La anticiencia nos hará libres."

Después de algunas horas de soportar esas canciones nada inspiradas y caminar un tramo en declive, comprendí a Jacques cuando se refería a que era imposible saber el momento en que se entraba a la boca de la bestia. Ni cuenta nos dimos cuando el paisaje se transformó: las paredes, antes secas y pétreas, habían adquirido una textura húmeda y gelatinosa. Jacques anunció que debíamos estar alertas, pues ahora nos encontrábamos en el interior de la criatura.

En ese momento volvió el orden al grupo y dejaron las canciones para otro momento más oportuno; nos dedicamos a llamar a Graziella y a los anticientíficos, los gritos rebotaron entre las piedras, sin resultado.

Caminamos por un pasaje particularmente inhóspito, ya comenzábamos a desanimarnos cuando vimos una lata, seguida por una hoja de papel en la que reconocí la letra de Salvatore (debía de ser su bitácora pues tenía anotaciones de formaciones rocosas), unos pasos más adelante encontramos un listón del cabello de Graziella. Pippo y yo nos volteamos a ver con ansiedad. El listón estaba justo a la entrada de lo que parecía ser una enorme fosa con piedras a modo de escaleras gigantes.

—Creo que es por aquí —dijo el experto olfateador.

Conforme avanzábamos, me di cuenta de que aquel lugar no era una simple gruta submarina, pues las formas de las paredes tenían un diseño que no se encontraba en ninguna parte de la naturaleza, por lo menos no se mencionaba en el campo de la geología. Había canales geométricos que se extendían igual que nervaduras formando bóvedas, pasillos y pequeñas cámaras.

En una de esas extrañas cuevas encontramos restos de organismos marinos en el piso, al principio sólo eran algunas espinas y caparazones de camarón abisal, luego el número de despojos aumentó considerablemente, y en algún momento los restos terminaron por cubrir todo el suelo formando una alfombra crujiente bajo nuestros pies.

Me entró un desagradable escalofrío. ¿Qué o quién había podido consumir todas esas criaturas marinas? ¿La bestia ovológica? Imaginé que una corriente debía haber arrastrado consigo todos esos esqueletos. La idea me calmó un poco.

Pero la esperanza no iba a durar mucho tiempo, el panorama se hacía más irreal y peligroso a cada paso, el color de las paredes se tornó rojizo y se cubrió de una red de venillas.

El primer ataque se produjo de manera inesperada, fue sensorial, una oleada de aire putrefacto casi nos tira al piso, era el olor más desagradable que he percibido en mi vida, el aroma en conjunto se podía describir como un vertedero de basura, varios cadáveres en descomposición, ropa sucia y cien docenas de huevos putrefactos.

De inmediato los ayudantes rasgaron una manta para confeccionar cubrebocas, los más inteligentes sacaron un poco de grasa vegetal con especias y se la untaron en la nariz.

El problema del aire contaminado nos afectó más de lo que pensábamos, pues nuestro experto olfateador, que nos proporcionaba la ruta a seguir, quedó prácticamente inutilizado.

Aproveché un descanso para sacar una muestra de la pared y desentrañar el misterio de la hediondez; no encontré nada que lo explicara. La pared tenía una capa de limo o material formado por sedimento orgánico, algunas partes estaban cubiertas por esponjas de mar, nada que no hubiéramos visto antes.

—Nunca encontraremos a la señorita Cavalli ni a sus acompañantes —murmuró el más joven de los cazadores—, deberíamos retirarnos antes de que sea demasiado tarde.

Pero el concepto "darse por vencido" no entraba en la mente de Amadeo, Jacques o el capitán. Le miraron como si hubiera dicho una blasfemia.

—Todo esto se va a poner peor —dijo, a manera de disculpa.

Y como si fuera una profecía, conforme nos adentrábamos el

olor se hizo más penetrante y nauseabundo; en una vuelta, entramos a una galería particularmente apestosa. Era tan grande que la luz de las lámparas no alcanzó a cubrirla, así que prepararon otros faros para inspeccionarla mejor.

Mientras permanecíamos en la oscuridad, escuchamos un chapoteo y ruido de algo arrastrándose.

—¿Graziella? ¿Eres tú? —preguntó Pippo, asustado.

Como no obtuvimos respuesta, los cazadores prepararon sus armas y nos recomendaron no movernos de nuestro lugar.

En cuanto se encendieron las demás lámparas, comprendimos la gravedad del asunto, toda la cueva estaba cubierta por cientos de gusanos peludos.

Eran gusanos limpiadores *(virens),* usualmente no sobrepasan los dos centímetros, pero estos que nos rodeaban eran del tamaño de un perro *bulldog.* Se amontonaban en grupo para comer despojos de peces, langostinos y crustáceos. A lo lejos, vimos el cadáver de un animalazo inclasificable, tenía un caparazón de armadillo, cabeza alargada y ocho tentáculos color rosado, un grupo de bichos organizaba una comida familiar sobre cada una de sus extremidades.

Uno de los gusanos pareció olisquear nuestra presencia y abrió su enorme boca. De alguna manera transmitió su descubrimiento al resto de sus amigos porque en un momento un pequeño ejército se dirigió hacia nosotros. Eran ciegos, pero su hambre extrema y un fabuloso potencial de locomoción, ayudado por innumerables patitas, los hicieron avanzar sin errar el camino.

—Yo sugiero que nos vayamos de aquí —dijo Pippo, seriamente asustado.

—Ningún gusanito va a desviarnos de nuestro camino —le advirtió Amadeo.

—¿Gusanito? ¿Llamas a estas serpientes gusanitos? —exclamó Pippo, enojado—. Mira nada más cómo están devorando a esa cosa, no quiero ni imaginar lo que te harán cuando los tengas encima.

—No creo que sea tan difícil aniquilarlos —opinó el capitán—, parecen bastante blandos, deben ser criaturas carroñeras y éstas nunca atacan a seres vivos.

—No creo que estén muy enterados de las clasificaciones —observó Pippo, señalando a nuestros próximos depredadores.

El capitán dio una orden para que comenzara el ataque, los hombres fuertes y los cazadores utilizaron las picas de obsidiana para atravesar gusanos formando brochetas.

Descubrimos que, en efecto, no era tan difícil deshacerse de ellos, solamente había que destriparlos como lombrices. Los que no teníamos arma dábamos patadas y pisotones, con cuidado de no caer al piso porque allí era fácil que cubrieran a la víctima, como le sucedió a uno de nuestro equipo.

Se trataba del joven cazador de los comentarios pesimistas, seguramente intentó congraciarse con los superiores y decidió demostrar su valor acercándose al monstruo putrefacto, allí resbaló con un charco hediondo y de inmediato se le trepó una decena de gusanos.

La batalla continuó por espacio de media hora, hasta que los gusanos se dieron cuenta de nuestra superioridad guerrera e iniciaron la retirada, escabulléndose entre los huecos del piso.

El antimédico se apresuró a atender a los heridos, todos estaban fuera de peligro, a excepción del cazador que cayó al piso: los gusanos le habían comido las botas, la armadura, parte del pelo y tenía la piel inflamada. Se le aplicó una pomada desinfectante.

—No me duele... —aseguró con ojos lagrimeantes.

Ya sin gusanos pudimos contemplar el lugar, estaba cubierto por alimentos podridos, eran la fuente del mal olor.

Como ya no había pistas, ni estaba en funcionamiento nuestro rastreador, usamos la vieja técnica de la inspección y revisamos milimétricamente el lugar.

Uno de los ayudantes encontró al fondo de la galería una pared bastante extraña.

Era una abertura cubierta por cortinillas elásticas, acomodadas de manera interpuesta una sobre otra, las abrimos con relativa facilidad. El interior estaba perfectamente seco, se trataba de un pasillo largo, semejante al interior de un tren.

Lo más sorprendente es que a ambos extremos había una serie de celdillas con estructura de panal, recubiertas por la misma piel transparente, en el interior se podían adivinar unas pequeñas criaturas gelatinosas.

—¡Más gusanos! —gritó Pippo, asustado.

—No, creo que no —me acerqué a investigar ayudado con una lámpara—. Son embriones —aseguré.

—¿Embriones de qué? —preguntó Amadeo.

—De medusas, no lo sé...

—¿Pero por qué están aquí? ¿Qué cosa las puso? —exclamó Pippo.

Escuchamos un ruido, de inmediato nos pusimos en guardia.

—Fue por allá —señaló Jacques al fondo.

—¡Oh no, ya no más! —repetía Pippo, desesperado.

—Que nadie se mueva —murmuró el capitán, avanzando sigilosamente hacia el peligro.

Se volvió a escuchar el ruido, era mucho más claro, una especie de lamento que erizaba la piel, provenía de una celdilla superior, tenía el recubrimiento roto.

—Hay que prenderle fuego —sugirió un cazador.

—Estás loco, despertaríamos a las otras cosas —aseveró Jacques.

En ese momento se movió la membrana y, a través de las rasgaduras, goteó un líquido espeso de color verde. Retrocedimos esperando cualquier tipo de monstruo. Los cazadores empuñaron las armas, listos para otro embate.

—Allí viene —gritó uno—, atrás todos.

Y vimos cómo algo empujaba la membrana, todos retrocedimos confundidos. Se trataba de una mano.

La mano de un anciano.

Me acerqué lentamente y toqué la extremidad, estaba cubierta de líquido y temblaba ligeramente, entonces me asomé al interior de la celdilla: en un pequeño espacio de tres por tres metros, se encontraban Salvatore (de quien era la mano), Genovevo, los gemelos Lulli y, en medio de ellos, Graziella. De inmediato, se organizó la operación de rescate, desdoblaron las camillas con forma de jaulas, y sacaron vendas, pomadas, sueros orales, tablillas. No creo que ninguno de los viejos estuviera realmente consciente, se quejaban entre sueños. Según el antimédico, estaban profundamente deshidratados y posiblemente no habían comido en más de cuatro días. Era evidente que habían encontrado esa celdilla vacía y se habían refugiado en ella.

Me acerqué a Graziella, y le hablé con dulzura mientras le limpiaba la cara.

—Graziella, somos nosotros —le murmuré al oído—, hemos venido a rescatarlos.

En ese momento Pippo se acercó para abrazarla, y se puso a llorar con su típica falta de romanticismo.

Amadeo también se acercó a su hermana, pude ver el parecido, un perfil casi idéntico.

—Soy Amadeo, tu hermano —le dijo, emocionado.

Ella no parecía muy consciente de lo que ocurría a su alrededor.

—Ya habrá tiempo de presentaciones —anunció Jacques—. Debemos salir de este lugar.

Entre todos cargamos las camillas, la cosa era simple: regresar por donde entramos. Afortunadamente los ayudantes habían hecho mapas y rastros de arena; sin embargo, la criatura tenía otros planes para nosotros.

—Qué extraño —dijo el capitán—, estoy casi seguro de que entramos por este lugar.

Frente a nosotros se encontraba un muro de carnosa consistencia, nada parecido a la delgada piel que descorrimos. Y no solamente eso, sino que el túnel parecía mucho más corto.

—Pudo haber un derrumbe —sugirió Pippo.

—Imposible, lo hubiéramos oído —se rascó la cabeza Jacques.

—Tal vez llegamos por otro lado —observó Amadeo.

Pero eso era más improbable, el túnel sólo tenía una entrada y una salida... aparentemente.

En ese momento descubrí qué estaba pasando: no estábamos dentro de una cueva o una gruta sino dentro de un organismo.

Evidentemente no se trataba de la bestia ovológica, sino de algo más peligroso y real. No podía asegurar si se trataba de un animal o de un vegetal, probablemente era una de esas mezclas que existen en el reino subacuático. Podría ser una criatura del orden de los celentéreos, una anémona gigante, formada al paso de miles de años.

Todas las pistas llevaban a esta conclusión, los túneles que se abren y se cierran se explicaban porque las anémonas tienen cierto dominio sobre sus movimientos. Los gusanos *(virens)* son los agentes limpiadores, y los embriones forman parte de su sistema de reproducción.

Estábamos dentro de un un sistema orgánico complejo, un mutante antiquísimo. Aquello no era anticiencia, era la pura y desmedida naturaleza.

—Golpeen la pared —sugerí—, se tiene que volver a abrir, tiene sensores en la piel.

Los cazadores comenzaron a golpear; la pared era chiclosa pero no se rompió, algunas lanzas quedaron enterradas y desaparecieron.

—Déjenme intentar —pedí.

Tomé una pesada hacha con punta de mármol y pegué duro a la pared, ésta se abrió para volverse a cicatrizar casi en el mismo instante. No pude dar el segundo ataque porque caí al suelo.

—¡Está temblando —gritó Pippo.

En efecto, suelo y paredes comenzaron a vibrar. Todos me voltearon a mirar enojados, como si yo hubiera ocasionado el estropicio.

Las cosas empeoraron cuando al otro extremo se abrió un enorme boquete, la estructura se contrajo a modo de una enorme garganta. Sólo recuerdo el grito de terror de todos, y cómo resbalamos hasta aterrizar en un suelo acolchado.

Jacques encendió una de las lámparas, estábamos ilesos, incluso los viejos anticientíficos, pues el armazón con el que habían sido entablillados los protegió de la caída.

Nos encontrábamos en un compartimento con forma de esfera carnosa, sin entradas o salidas aparentes, las paredes estaban cubiertas por pelillos que se movían con suavidad mientras secretaban babilla blanca.

Era jugo gástrico.

—Estamos en la gran boca de la bestia —aseguró Jacques—, ahora ya nada puede salvarnos.

No, no era la boca de la bestia, sino el interior del estómago de nuestra anémona gigante... por lo demás compartía la opinión de Jacques acerca de nuestro futuro.

Atorados en algunas muescas de la pared, colgaban armaduras viejas con restos humanos, seguramente de los ovólogos que nos antecedieron en la misión de envenenar a la bestia.

En el piso, muy cerca de donde habíamos caído, se abrió una hendidura, rebosante de agua y viscosidad, en sus orillas se desplegaron tentáculos con ventosas que merodearon a su alrededor para buscar bocado.

Las paredes empezaron a contraerse, con la intención de arrojarnos al estómago.

Pero no estábamos dispuestos a servir de desayuno a ese monstruo, nos agarramos de los pelillos sin importar que el líquido nos quemara la piel.

El foso se abrió un par de metros más y las paredes se estremecieron con violencia. Genovevo estuvo a punto de caer pero cuatro cazadores sostuvieron su camilla en el aire.

Era una suerte que tanto Graziella como los ancianos estuvieran inconscientes, así no se darían cuenta de nada, incluso si terminábamos dando un chapuzón en el lago de ácido clorhídrico.

Después de un brevísimo periodo de calma, se abrieron orificios en las paredes, por uno cayó toda una colonia de pulpos y anguilas. Un animal, posiblemente un cachalote pequeño, llegó por otro conducto, estaba inmovilizado por algún tipo de veneno administrado por la anémona, movía los ojos aterrorizado y en cuanto entró al caldo comenzó a fundirse en medio de vapores sulfurosos.

Después de abrir otras gargantas y alimentarse con varias toneladas de mariscos, la anémona parecía satisfecha y cerró la hendidura para empezar con la digestión. Todos nosotros seguíamos atados a los pelillos intestinales.

Miré hacia arriba, algunos esófagos habían quedado abiertos, otros todavía goteaban agua y expulsaban peces rezagados.

—Podemos salir por allí —señalé uno de los conductos.

Me miraron confundidos

—¿Y si se cierra? —preguntó Pippo.

—Pueden caer piedras —se quejó Jacques.

—O una ballena —agregó Amadeo.

—No creo, ya terminó de comer —aseguré—, ¿o prefieren quedarse para la cena?

Guardaron silencio.

—Creo que el chico tiene razón —dijo finalmente el capitán.

Con las armas enterradas en la pared elaboramos un remedo de escalera para entrar a la garganta más cercana.

El capitán se ofreció para encabezar la misión y se introdujo con cuidado en el conducto, luego nos hizo señas para que lo siguiéramos.

Ascendimos como una procesión de hormigas dentro de una pajilla. Subimos en orden de importancia, Amadeo y Jacques llevaban consigo la camilla con Graziella; les siguieron los ayudantes y cazadores con el resto de los anticientíficos, luego el antimédico, Pippo, y al final yo.

La anémona se dio cuenta de que parte de su desayuno se estaba escapando por una de sus gargantas, y las paredes se constriñeron para agitarse vigorosamente con el fin de mandarnos de vuelta al estómago.

—¡Sujétense fuerte! —gritó el capitán.

Pero era inútil, no había dónde apoyarnos, resbalé y casi pude sentir el baño de ácido en mi piel.

Cuando noté que continuaba vivo y seco abrí los ojos: me encontraba colgando en el aire, alguien me había tomado del cuello de mi armadura, miré hacia arriba, era Pippo.

Nadie volvió a resbalar, los demás quedaron atorados en las paredes, al parecer las camillas se atascaron al volcarse de forma horizontal.

La garganta se dilató y constriñó repetidas veces sin lograr liberar el bocado, y después de minutos de forcejeo una potentísima corriente de aire nos expulsó.

Nunca estuve más feliz de que alguien me vomitara.

16 Los ongruos

ATERRIZAMOS en medio de una colina de caparazones, piedras erosionadas y toneladas de desperdicios; el sitio nos era familiar, era la casa de los gusanos limpiadores y, al parecer, el lugar donde la anémona vomitaba lo que no alcanzaba a digerir.

No sé si sus cabezas blandas y sucias tengan memoria, pero en esta ocasión los gusanos no nos atacaron, se mantuvieron a cierta distancia esperando a que saliéramos de sus dominios.

Tardamos un poco en recuperarnos, la violenta expulsión ocasionó fracturas de clavícula a dos cazadores, al capitán se le rompió la nariz, el antimédico tenía hematomas en la cara y dos ayudantes resultaron con las rodillas zafadas, además de quemaduras y raspones para todos.

Pero a diferencia de las heridas, nuestra moral estaba en perfecto estado, habíamos cumplido la misión. La sensación de triunfo nos sirvió como analgésico contra las penalidades del cuerpo. Lloramos de alegría y nos abrazamos emocionados.

—Somos unos héroes —exclamó Jacques—, nos hemos enfrentado a la bestia ovológica.

—Es más terrible de lo que cuentan las leyendas —aseguró el capitán—. ¿Vieron esas fauces? Deben de tener por lo menos cien metros de ancho.

—Trescientos —corrigió Jacques—, y esas cosas que se tuercen a los lados, ¿se dieron cuenta?

—Eran las branquias —aseguró Amadeo, el miope—, las tiene como las salamandras. Eso no se menciona en ningún tratado.

—Tampoco describen a los embriones —agregó el olfateador—, ni a los gusanos, ¿se fijaron cómo nos atacaron? Deben recibir órdenes directas de la bestia, estoy seguro.

Había material legendario para toda una generación de poetas; los historiadores no se darían abasto escribiendo fabulosas crónicas. Cada uno de nosotros podía asegurar su monumento en la plaza de la ciudad y un lugar eterno en los libros de la anticiencia.

Haciendo a un lado las lágrimas y las alabanzas, me acerqué a Pippo para agradecerle que me hubiera salvado la vida.

—No fue nada —aseguró—, tú lo has hecho siempre.

Luego me estrechó emocionado.

Me sentí incómodo, no sólo por el sorpresivo aprecio de Pippo, sino por la celebración en general; tenía demasiadas preocupaciones en la cabeza como para participar en una fiesta de consagración. Debía recuperar a Graziella y salir de allí, aunque no tenía la menor idea de cómo hacerlo.

El capitán no creyó conveniente embarcarnos en la nave hasta que los heridos estuvieran en condiciones de viajar, por lo cual improvisamos un hospital a la orilla del muelle. Allí cuidamos con esmero a los pacientes.

El antimédico se había preparado y en su maletín tenía sueros que administraba con cánulas hechas a base de espinas perforadas; aplicó también un sistema especial para dar alimento a enfermos inconscientes, se trataba de unas pastillas de polvo de alga que depositó debajo de la lengua para que se disolvieran.

Luego de muchos cuidados, los heridos comenzaron a reaccionar, Genovevo y Salvatore despertaron primero, les siguieron los gemelos y finalmente Graziella.

Ninguno recordaba casi nada de los últimos días, la memoria se les había extraviado entre hambres, laberintos y criaturas repugnantes. Sólo recordaban su escondite en una celdilla, donde esperaban la muerte.

Tuve que hacer un pequeño esfuerzo para convencerlos de que no estaban en el más allá ni éramos almas en pena a pesar de nuestro fantasmagórico aspecto.

—Pero... si no son espíritus, ¿quiénes son ellos? —preguntó Salvatore, señalando al resto de la expedición.

—Son los guardianes de la bestia, viven en una ciudad submarina que fundaron los Cavalli.

—¿Una qué? —preguntó Genovevo, confundido.

Les expliqué, con todo detalle, el origen de la ciudad, desde la llegada de la expedición Menoux hasta la forma en que los habitantes establecieron una sociedad basada en la anticiencia y especialmente en la ovología. Describí incluso sus propios monumentos en la plaza pública.

—Yo hasta tengo hijos con sus nombres —presumió el capitán, orgulloso.

Los viejos quedaron francamente impresionados, jamás pensaron en una posibilidad tan increíble. ¡Una ciudad anticientífica! Un lugar donde se enseñaban las materias prohibidas sin castigos ni persecuciones. Una plaza donde se les rendía homenaje. Esa ciudad significaba el sueño de cualquier anticientífico.

—¿Y mis padres? —preguntó Graziella rompiendo el ánimo festivo— ¿Dónde están? ¿Por qué no vinieron?

Antes de que yo le respondiera, Amadeo se me adelantó:

—Yo soy tu única familia —le confesó.

Graziella lo recorrió de arriba abajo, era como mirarse en un espejo empañado y vislumbrar su propia imagen huérfana en el fondo.

Graziella guardó silencio, tenía los ojos llorosos, era comprensible, su vida se había construido alrededor de la esperanza de encontrar a sus padres; pero por otro lado descubría a un hermano y una ciudad de ensueño.

Las tristezas se fueron desvaneciendo cuando nos embarcamos para la ciudad de la anticiencia.

—Yo creo que treinta días y treinta noches serán suficientes —opinó el capitán a propósito de la fiesta de celebración.

—También hay que hacer un buen banquete —apuntó Jacques—, con los mejores platillos, incluso podemos sacar de la bodega los barriles de licor de alga.

—Estaría bien hacer un calendario de festividades —agregó Amadeo— con eventos como danza, música, teatro y exposiciones anticientíficas.

Los planes proyectaban una fiesta gloriosa, como jamás se hubiera visto en ninguna ciudad, terrestre o acuática; además se contempló la construcción de un palacio para albergar a los viejos investigadores, y gracias a sus grandes conocimientos se haría una biblioteca más grande para vaciar sus enseñanzas.

Yo era el único apático del grupo, me era imposible volver a disfrutar del encanto de la anticiencia (como lo hacían Bianca o Pippo, de nuevo y sin ningún empacho). Sería maravilloso abandonarme otra vez a las historias de los sabios incomprendidos, pero no lo podía permitir, era mi obligación mantener mi cerebro trabajando en perfecto estado.

—¿Qué pasa? Pareces molesto —dijo Graziella, sentándose a mi lado.

—No, no es eso, estoy cansado —comencé invariablemente a sudar ante su presencia.

—Me alegra mucho verte —suspiró—, no sabes lo mal que me puse cuando desapareciste.

Me dio un vuelco el corazón.

—¿En serio te preocupaste?

—Mucho.

¿Era posible que la distancia la hubiese hecho descubrir sus verdaderos sentimientos? ¿Su amor por mí? La posibilidad me armó de valor, debía confesarle lo que me atormentaba.

—Graziella, tengo que decirte algo.

—¿Sí?

—Lo que te diré es muy delicado, debes escucharme con atención, no quiero que te enojes o hagas juicios antes de que yo termine.

—¿Tan grave es? —sonrió.

—Creo que sí.

—Si es por aquel beso... no te preocupes.

Eso me descontroló.

—¿Te molestó? —me ruboricé.

—No lo sé, creo que no... ciertamente ya no eres un niño.

Volvió a sonreír, yo estaba emocionado, ¡por fin me había visto como lo que era!, ¡como un hombre enamorado! Era urgente que concretáramos nuestro amor.

—Necesito decirte mi secreto... —continué.

—Dímelo más tarde —me interrumpió—, cuando lleguemos a la ciudad, yo tengo también cosas que decirte.

Se levantó dejándome pasmado, creo que ni siquiera reaccioné cuando entramos a la cueva de la arenilla caliente.

¡Y yo que me había preocupado tanto! ¡Por primera vez las cosas se estaban resolviendo por sí mismas! Graziella me confesaría su amor, yo le contaría mis secretos y juntos superaríamos todos los obstáculos. No tenía que preocuparme tampoco por los viejos, ellos podrían continuar con su vida en la ciudad de la anticiencia, allí nada les faltaría y serían felices, no habría ni siquiera problemas con el doctor Hillinger y Bianca, siempre y cuando fingieran estar arrepentidos de sus maldades... Al único al que no le veía lugar en este final feliz era a Pippo; pero, bueno, siempre hay alguien que tiene que sacrificarse por los demás.

Se me compuso el humor. Me duró exactamente dos horas, el tiempo que tardamos en llegar a la ciudad y descubrir el desastre.

La mitad de los campos y pastizales se encontraban sumergidos en agua, al igual que un tercio de la ciudad, ésta ya no parecía ni blanca ni ordenada, había basura y escombros por todos lados, el sol apenas iluminaba el panorama con llamitas de fuego verdoso, dando una coloración terrorífica a la escena.

—¿Ésta es la ciudad? —preguntó Genovevo, desilusionado.

—Pasó algo... —exclamó Amadeo, sorprendido.

—Está roto el equilibrio del aire —señaló Jacques—, seguramente disminuyó la combustión del sol y se alteraron las concentraciones de gases en la atmósfera.

—Es imposible que ocurra algo así —aseguró Amadeo cada vez más confundido—, todo está perfectamente controlado.

Nos adentramos en la ciudad, las calles estaban desiertas y ruinosas, al parecer un flamazo había recorrido las construcciones, el tizne y la chamusquina se extendían por pisos y paredes. Se nos dificultaba respirar.

Tanto Jacques como el capitán y los cazadores no dejaban de murmurar expresiones de dolor. Amadeo, por su parte, observaba impasible entre la miopía y el desconcierto.

En la avenida principal encontramos habitantes, se trataba de una familia compuesta por un hombre, su mujer y dos niños. Todos estaban muy sucios y cargaban bolsas con alimento.

Los ojos de la mujer se llenaron de lágrimas al vernos.

—¡Señor alcalde, qué bueno que regresa! —exclamó con voz entrecortada acercándose a nosotros—, ha sido terrible.

—¿Qué pasó? —le preguntó Amadeo, asustado.

—Fueron los ongruos —repuso la mujer sollozando.

—¿Ongruos? —preguntó Salvatore, confundido.

—Traidores —explicó Jacques—, falsos anticientíficos.

—Sí... —la mujer se limpió las lágrimas—, parecían tan buenos, tan sabios, los queríamos tanto, sobre todo al hombre que estudia las funciones clorofílicas del ser humano.

—¿Las qué? —preguntó Genovevo— ¿De qué hablan?

—Ellos saben de qué hablamos —Jacques nos señaló acusadoramente a Pippo y a mí—, llegaron junto con el mártir de la cara quemada y la mujer del Instituto de París.

Los viejos nos miraron con ojos asesinos, estaban al borde de la trombosis.

—¿No se tratará del doctor Hillinger y de Bianca? —nos preguntó Salvatore, realmente desconcertado.

—Juraron estar arrepentidos —aseguré—, después de todo lo que vivieron acá abajo, comprendieron el alcance de la anticiencia... no les avisé antes porque esperaba que ellos mismos pidieran perdón y...

No había forma de presentar excusas, ya nadie me estaba escuchando, en ese momento Pippo y yo nos convertimos en los bichos más despreciables de los siete mares. Los cazadores nos tomaron en vilo como delincuentes. Entre el desastre, sólo recuerdo a Graziella mirándome perpleja mientras me arrastraban por la calle.

Fuimos a parar al edificio central, nos llevaron a una habitación para vigilarnos mientras decidían qué hacer con nosotros.

Como no existía propiamente una prisión en toda la ciudad, habían dispuesto como tal una de las despensas del edificio central. En el interior estaba Bianca, recostada en un montón de sacos de harina. Se la notaba pálida y ojerosa.

—¿Pero qué ocurrió? —le pregunté, enojado.

—Intentó decirles la verdad —dijo con un hilo de voz.

—¿Decirles qué?

—El asunto del manicomio —casi quería llorar—, pretendía hacerlos reaccionar... fue completamente estúpido.

Y entre sollozos interrumpidos Bianca explicó todo el asunto.

Al parecer el doctor Hillinger había intentado (en un arranque de imprudencia terapéutica) romper aquella sociedad perfecta y con excesiva confianza en sus dotes profesionales creyó posible armar una gigantesca terapia de grupo y curarlos a todos; con esto, pensó, no solamente ganaría reconocimiento del Instituto de Psiquiatría de Berlín, sino que obtendría incluso el Nobel de Medicina al descubrir un ecosistema esquizofrénico y, además, rehabilitar a más de novecientos pacientes a la vez.

Su acción era tan temeraria como ir a una comunidad de vegetarianos para hablarles de las bondades de la carne, y por supuesto nadie le creyó una sola palabra, lo identificaron inmediatamente como un traidor, lo apresaron junto con Bianca y los obligaron a permanecer en sus habitaciones.

El doctor Hillinger se puso muy nervioso, imaginó que posiblemente lo matarían (pues estaba convencido de que eran locos peligrosos), y escapó golpeando a sus sirvientes, se refugió en la biblioteca. Allí amenazó con destruir los libros (era su especialidad) si no cumplían sus órdenes, entre las que incluía la entrega de todo tipo de armas y el metal disponible de sus bodegas.

Ni siquiera el doctor sabía lo delicado de la situación, y prohibió el abastecimiento de combustible al sol; con esto ocasionó un desastre en la atmósfera; en un momento, el exceso de nitrógeno causó fuertes llamaradas que invadieron el aire y posteriormente una reducción de oxígeno que hundió los campos de cultivo y una parte de la ciudad bajo el agua. La población se había resguardado en la plaza. Imaginaban que los ongruos habían bajado para aniquilarlos.

Me sentí terriblemente mal por lo ocurrido, además de que mis planes quedaban desbaratados para siempre. ¿Ahora cómo podía convencer a Graziella? La torpeza del doctor había acabado con toda posibilidad de reconciliación.

Al día siguiente Graziella nos fue a visitar a nuestra prisión. Pippo se arrojó a sus pies pidiendo perdón y asegurando que era inocente. Graziella ni siquiera lo volteó a ver. En cambio, se dirigió a mí con ojos enrojecidos.

—¿Era eso lo que me querías decir? —preguntó con voz dolida—. ¿Que eres parte de *los otros*?

—No... te juro que no es lo que parece.

—Lo sabías todo el tiempo, sabías que estaban aquí y no nos dijiste nada —parecía que soltaría el llanto en cualquier momento.

—Graziella, todo esto es una confusión, debes creerme.

—No creo ni una sola de tus palabras.

—Por favor, escúchame sólo unos minutos.

—No quiero volver a oírte —salió deprisa.

Ese dolor tan profundo que emanaba de su voz me confirmó que su resentimiento no era simplemente a causa de la traición, era una desilusión más terrible, a nivel personal.

Los viejos, por su parte, no fueron tan severos con nosotros, abogaron por Pippo y por mí (por Bianca no tanto, tenían muchas dudas); aseguraban que habíamos sido engañados por *los otros*, que éramos inexpertos y habíamos caído en su trampa. Seguramente nos habían lavado el cerebro con hipnosis o alguna artimaña similar.

El juicio no podía llevarse a cabo hasta que se resolviera el problema del doctor y el asunto no parecía tener muchas expectativas; el doctor Hillinger no había querido recibir a ningún emisario y sólo se comunicaba para pedir el metal, nadie sabía con qué objeto, y temían que estuviese construyendo un arma aunque eso en realidad no hacía falta pues el pequeño sol estaba a punto de extinguirse y con ello la destrucción de la ciudad era inminente.

No había tiempo para reflexiones, decidí hacer algo heroico, una acción de último momento, tal vez podría salvar a la ciudad y rescatar mi honor. Mandé llamar a Amadeo con urgencia.

Pocos minutos después llegó, acompañado de Jacques y la comitiva de sabios.

—Iré a hablar con el doctor —propuse—... lo convenceré de que provean de combustible al sol.

Me miraron con infinita desconfianza.

—¿Cómo sabemos que no intentas nada malo? —preguntó Jacques.

—Deben confiar esta vez en mí.

Hubo una pequeña discusión y finalmente accedieron; se preparó una escolta de seguridad para llevarme hasta la biblioteca.

Yo sabía que todo era cuestión de hablar y llegar a un arreglo, ambas partes se tenían demasiado miedo y odio para poder negociar. Supuse que, dada mi calidad de aliado, podría acercarme al doctor para prevenirlo del peligro al que nos estaba exponiendo.

Me llevaron hasta el fabuloso edificio, estaba un poco más iluminado que el resto de la ciudad, precisamente porque le llegaban los últimos resplandores del sol. La escolta tuvo que protegerme de la gente, que se acercaba con la intención de lanzarme insultos.

Llegué hasta la puerta.

—Doctor Hillinger —grité—, ábrame, soy yo, Rudolph.

Estuve insistiendo un buen rato hasta que por una ventanilla se asomó el doctor, se veía bastante desmejorado, seguramente no había dormido en varios días.

—Déjeme entrar, por favor —le murmuré—, estoy de su lado...

El doctor Hillinger abrió la puerta, y antes de entrar me obligó a que vaciara los bolsillos para asegurarse de que no iba armado.

Ya en el interior, le pregunté sin poder ocultar mi irritación:

—¿Me quiere decir qué está haciendo?

—Defenderme de esos locos, eso hago.

Me explicó su versión de la tragedia, no distaba mucho de la de Bianca, sólo que aquí él era la víctima principal.

—Son los pacientes más desagradecidos del mundo, no merecen que nadie los cure.

—Hizo mal en decirles quién era usted, se lo advertí.

Se molestó un poco, era incapaz de reconocer sus errores y menos de alguien como yo. De todos modos seguí regañándolo.

—Ahora la ciudad está a punto de desaparecer por su culpa, si no proveen de combustible al sol artificial, no se podrán eliminar los gases tóxicos.

—¿En verdad?

—Por supuesto. ¿No ha visto todo lo que ha ocasionado al impedir que trabajen los obreros solares?

Ciertamente desconocía la gravedad del asunto, y nunca había pensado destruir la ciudad. Por lo visto habían surgido muchos malentendidos, uno de ellos eran las sospechas de la construcción de un arma.

—¡Eso es ridículo! —sonrió como si le hubiera contado un chiste.

—¿Entonces para qué pide tanto metal?

—Para escapar, es lo único que me importa —me miró fijamente—. ¿No esperarás que me quede aquí, verdad?

Me llevó a la parte trasera de la biblioteca, la había convertido en un taller, sobre una plataforma se encontraba un cilindro de enormes proporciones, construido con los restos de las naves *Nemo I* y *Nemo III*. El doctor había logrado unir los trozos usando una enlatadora casera y, recubriéndolos con láminas metálicas, había hecho un doble compartimento para líquido flotador, era un trabajo prodigioso.

—Todavía no está terminado —me explicó—, le faltan algunos parches, pero creo que puede funcionar, cerca de aquí está el campo de géiseres, donde enviaron las latas, pienso aplicar el mismo sistema de propulsión... si tan sólo me dieran un poco de tiempo para terminarlo.

La idea no era mala y al parecer era la única posibilidad de salida.

—Le propongo algo —sugerí—, negociaré con ellos a cambio del resto del material y la transportación de la nave a los géiseres; usted dejará que entren los trabajadores para restituir el combustible solar. ¿Qué le parece? Las cosas serán más rápidas y nadie saldrá afectado.

—¡Pero cómo voy a dejar que entren! —exclamó escandalizado—. Nos pueden traicionar en cualquier momento, recuerda que son peligrosos.

—Antes de que llegáramos no lo eran —le recordé.

Aceptó de mala gana, aunque amenazó que si hacían trampa quemaría la biblioteca y, si era posible, derrumbaría la torre del sol.

Amadeo y su comitiva vieron con agrado el acuerdo, además estaban felices con la idea de que el ongruo se marchara, y varios mecánicos ofrecieron sus herramientas para que el doctor trabajara con más comodidad.

El sol recuperó su brillo y se comenzó con la reconstrucción de la ciudad, se celebró el juicio pendiente y el cabildo dictaminó que Pippo, Bianca y yo habíamos sido víctimas de enajenación mórbida por causa de los ongruos, pero que vistas nuestras acciones de valor y antecedentes la rehabilitación era posible. Salvatore se ofreció a rehabilitar personalmente a Bianca.

Por mi parte, estaba deseoso de buscar a Graziella y obtener su perdón; sin embargo no lo hice, yo sabía que en realidad no había resuelto nada, sólo había aplazado el problema. El doctor no dejaba de hacer planes para cuando saliera, imaginaba los libros y artículos que escribiría, los premios, reconocimientos, entrevistas, las conferencias.

—Me he gastado la mitad de mi vida siguiéndolos —suspiró—, es justo que sea reconocido por ello.

Pero ¿en realidad valía la pena sacrificar a novecientas diecinueve vidas por un premio Nobel o lo que fuera? No era justo que se les canjeara la ciudad de la anticiencia por un pabellón psiquiátrico o, peor aún, por las páginas de curiosidades de un periódico. El pretexto de ayudarlos era ridículo, no necesitaban ayuda, ellos habían encontrado un orden perfecto. Graziella misma había encontrado una familia, un hermano, una ciudad en la que podría ser algún día alcaldesa, hasta un marido como Pippo, que la amaba y había entregado su dinero y vencido sus propios miedos para seguir a su mujer. ¿Hasta dónde mi propio amor no era igual de egoísta que los delirios de grandeza del doctor Hillinger? ¿Decirle la verdad a Graziella? ¿Pero cuál era la verdad después de todo?

Entonces tomé una decisión.

—Lléveme con usted —le pedí al doctor Hillinger días antes de que concluyera la nave—, por favor —insistí—, no me deje aquí con ellos.

El doctor me miró detenidamente, luego me dio unas palmaditas en la cabeza y asintió:

—Claro que sí muchacho, tú me servirás como testigo.

La nave estuvo lista un par de días después, el traslado se realizó con un gran despliegue de seguridad, el campo se encontraba cerca, era una pendiente de pequeños géiseres de sulfuro de hidrógeno y burbujas que salían a presión. Cuando el doctor estaba preparándose para entrar al cilindro yo anuncié la gran noticia, me iría con él.

Fue una verdadera conmoción, los viejos no atinaban a decir nada, estaban profundamente desilusionados, los gemelos se acercaron, llorosos, para intentar convencerme de que me quedara. Pero me mantuve firme en mi decisión, al final se acercó Graziella.

—¿Por qué lo haces? —preguntó sorprendida.

—No te lo puedo decir —sentí que me soltaría a llorar—, pero te prometo que nadie les volverá a hacer daño.

Nos miramos con un nudo en la garganta.

—Aquella vez aseguraste que tenías algo que decirme —le recordé—. ¿Qué era?

No me respondió nada, se alejó; Salvatore la abrazó mientras comenzaba a llorar, fue la última imagen que tuve de ella.

No la volvería a ver jamás.

17 Retorno a casa

LA ascensión fue brutalmente incómoda. La nave dejaba mucho que desear en acabado y en diseño, era como viajar dentro de una lata de conservas. No contábamos con vidrieras ni con manómetro o hélices propulsoras y el tanque de oxígeno era totalmente rudimentario.

Los primeros quinientos metros fueron los más estables, los subimos en cámara lenta; la densidad del mar nos detuvo en repetidas ocasiones y las paredes se trozaron dejando escapar la mitad del combustible flotador.

Tanto el doctor Hillinger como yo procuramos no hablar para no consumir el aire; como no había luz ni siquiera nos pudimos ver las caras aterrorizadas.

Las corrientes marinas nos dieron un fuerte empellón a los cinco mil metros, era el punto donde se unían las diferentes temperaturas, formando una zona particularmente inestable. Estuvimos girando más de seis horas, para luego continuar el viaje de cabeza.

Para ese entonces yo no era muy consciente de lo que pasaba a mi alrededor, entraba y salía del delirio, no sabía si estaba en un parto doloroso o en una dura agonía.

Las paredes se doblaron contra nosotros provocando profundos cortes en la piel y, doscientos metros antes de alcanzar la superficie, la nave se destrozó.

Escuché cómo mis huesos tronaron en cientos de pedacitos, sólo recé para no sangrar demasiado y no atraer a los tiburones.

No sé cuánto tiempo estuve flotando, debieron de ser por lo menos un par de horas, hasta que me rescató el bote pesquero. Cuando notaron que estaba con vida ni siquiera me sacaron de la red atunera por miedo a que me desbaratara.

Me llevaron al hospital anglicano en la isla de Manus, allí los médicos hicieron maravillas para reconstruirme. Me convertí en una ferretería por todas las placas, tornillos, tuercas y clavos de acero que tuvieron que emplear para pegar mi esqueleto.

Al doctor Hillinger lo encontraron al día siguiente, sobre unos bancos de arena del océano Pacífico, desgraciadamente estaba vivo y las heridas nuevas no podían distinguirse de las viejas, ni la nariz de la barbilla. Era un completo amasijo.

Yo deseaba mantener anónima nuestra aventura, pero por desgracia nuestro estado físico tan lamentable y las extrañas circunstancias del rescate provocaron un ávido interés de la prensa. Se movilizaron los noticieros, revistas y periódicos para tomarnos una foto y lograr una entrevista. ¿Qué hacían dos hombres destrozados flotando en medio del mar? ¿De dónde habíamos salido? ¿Cuál era nuestra embarcación?

Aunque hubiésemos querido contestar a las preguntas, nos era imposible hablar, por lo menos hasta que no nos quitaran los alambres de la quijada.

Nuestro mutismo cautivó aun más a los periodistas y una reportera avezada afirmó que éramos pilotos aviadores de la segunda guerra mundial, desaparecidos en combate, y que ahora regresábamos de la dimensión desconocida. Otro columnista, con menos imaginación, aseguró que éramos unos turistas que habían caído de alguna avioneta que nos transportaba a las islas Fidji.

Fue precisamente un reportero de *Pacific Sun* el que acabó con todo el misterio cuando me reconoció.

—¡Es él! —exclamó mientras enfocaba su cámara para tomarme una foto—. ¡Es el chico de las traducciones de la universidad!

Eso alimentó el escándalo. El propio editor gordezuelo del *Pacific Sun* viajó al hospital para identificarme.

—Sí, es él —afirmó ante las cámaras de un noticiero australiano—, es Rudolph Green. Lo último que supe de él fue que se marchaba a Italia por aquel asunto del mensaje de la lata, seguramente cayó con mafiosos de Sicilia... Yo sabía que no terminaría bien, intenté convencerlo de que no fuera, pero ya ven cómo son los chicos cuando se les mete algo en la cabeza.

Eso le dio un giro a la noticia, el caso adquirió tintes policiacos: ¿acaso éramos víctimas de un complot de la mafia?

A las dos semanas me quitaron los alambres de la mandíbula, y ese mismo día se organizó una rueda de prensa a la que asistieron medios informativos de Nueva Guinea, islas Salomón, Australia, Indonesia, Filipinas y Japón. Todo un concierto de Naciones Unidas alrededor de mi cama. Sin embargo, mi discurso no iba a ser demasiado brillante:

—Salí a pescar y me agarró una borrasca —aseguré, echando por tierra todos los ánimos periodísticos.

Se quedaron helados, al editor del *Pacific Sun* se le despintó la cara del coraje. Aparentemente yo era experto en acabar con las ventas de su periódico.

—Pero... —balbució—, tú saliste para Italia por el asunto del mensaje de la lata...

—Ah, sí... usted tenía razón —reconocí—, no valía la pena ir, era el domicilio de una biblioteca destruida por la guerra, aunque el viaje sirvió porque allá compré una embarcación armable de motor con la que salí a pasear con mi amigo —señalé al doctor que me miraba fúrico dentro de su estructura de yeso— y, bueno, nos agarró una tormenta y eso es todo, tenemos suerte de estar con vida.

Los periodistas desmontaron los micrófonos de mal humor, y si no hubiera sido por mi estado físico algunos hasta me hubieran abofeteado. Estaban a punto de marcharse cuando al doctor Hillinger no le importó quitarse los alambres y arruinar su operación maxilar para gritar:

—¡Es mentira... es absoluta mentira!

Todos se detuvieron y miraron su cuérpecillo estremeciéndose por el enojo.

—¡Diles, diles la verdad! —me gritó—. ¡Diles de dónde venimos, lo que hemos visto!

Los periodistas desenfundaron de nuevo los micrófonos y los lentes de la cámara, mientras disparaban preguntas a quemarropa.

—¿Qué verdad?

—¿De qué habla? ¿Qué ocultan?

—¿Están implicados en tráfico de armamento?

—¿Fueron secuestrados por los extraterrestres?

Yo permanecí en silencio.

—Si tú no lo dices, lo haré yo —amenazó el doctor.

—Está loco —advertí a los periodistas—, le han operado nueve veces el cerebro en la última semana y en este momento trae un kilo de barbitúricos corriendo por sus venas.

Pero loco o no, el doctor ya había ganado la atención y comenzaron a instalar micrófonos y luces frente a él.

—Mi nombre es Thomas Hillinger —dijo calmadamente— y soy psiquiatra, durante años he seguido a una banda de enfermos mentales que se dicen llamar anticientíficos pero que en realidad son locos en extremo peligrosos, que de alguna manera me han causado todo el daño físico que ahora ven.

—¿Lo golpearon? —preguntó una locutora, impresionada.

—Y me quemaron —agregó el doctor—, estos desquiciados experimentan con la ciencia, cometen aberraciones, ahora mismo tienen una base en el fondo del mar que es de donde venimos.

Se hizo un grave silencio, la revelación tomó desprevenidos a los periodistas. Estaban confundidos, eso podía ser la noticia del siglo o la estupidez de la semana. Me esforcé para que pareciera la segunda opción.

—Oh... Ya comenzó a delirar de nuevo —suspiré.

—Claro que no estoy delirando —me reprochó el doctor—, y tú bien sabes de qué hablo... ¿Por qué intentas ocultarlo? ¿Para qué los defiendes? Ni siquiera te aprecian, es más, te odian como me odian a mí.

Sí, era posible, pero yo había hecho la promesa de protegerlos y eso es lo que haría.

—Ya lo dije —repetí firme—, salimos a pescar bacalao para la cena y nos agarró la borrasca, estuvimos muchos días a la deriva, el sol pudo hacerle daño.

El doctor Hillinger me insultó llamándome mentiroso y después se puso a revelar algunos secretos anticientíficos, contó las historias más importantes, desde el origen del club en Albania hasta la conformación de los Institutos. A los periodistas les encantó la información y disfrutaron mucho con el significado de la ovología y el motivo de la expedición.

No dejaban de apuntar fatigosamente en sus libretitas, lo creían todo, tuve que intervenir otra vez de emergencia.

—Eso es un disparate —aseguré—, es imposible que alguien intente bajar al fondo del mar para destruir un huevo, además no veo cómo se pueda hacer un viaje así.

—Tú sabes que construyeron naves.

—¿Naves? —le interrumpí—. Eso no es es posible, ninguna podría soportar tantos metros de inmersión... Eso es imposible.

—Cállate —me gritó furioso—, si no vas a decir la verdad, es mejor que te calles.

No volví a hablar por un rato, pero ya había metido la sospecha en los demás, el doctor siguió hablando de la expedición, al poco tiempo alguien lo interrumpió.

—Un momento —dijo el editor del *Pacific Sun*—. ¿Usted asegura que allá abajo hay una burbuja?

—Así es...

—Eso no es posible, ¿porqué no sale al exterior?

—Está dentro de una cueva —le aseguró el doctor—, hay una compensación de atmósferas y gases que la producen.

No quedaron demasiado satisfechos con la respuesta pero guardaron silencio durante varios minutos de relato hasta que una reportera japonesa interrumpió de nuevo.

—¿A qué se refiere exactamente con "río de aire"?

—Bueno —resopló un poco molesto el doctor—, abajo hay túneles con vapor, se puede viajar de un extremo a otro de la burbuja con ellos. No me pregunten cómo se forman, no lo sé, son tan extraños como los lagos de agua dulce.

—¿Qué dijo? —exclamó un fotógrafo—. ¿Cómo puede haber un lago de agua dulce debajo del mar salado?

—Están aislados.

—No pueden estar aislados... el agua no puede estar aislada, todo se comunica.

—En este caso no se comunican —respondió el doctor con un tono que no aceptaba réplica.

El doctor intentó continuar su relato pero fue imposible cuando entró al episodio de las criaturas subterráneas.

—Que yo sepa, las babosas marinas no son más grandes que una mano —dijo una entrevistadora que parecía aficionada a la biología.

Ya nadie se notaba interesado en los anticientíficos y cercaban al doctor con preguntas del viaje. El colmo fue cuando el doctor describió la tormenta.

—¿Tormenta? —preguntó burlonamente un camarógrafo—. ¿Le agarró la tormenta debajo del mar?

—Afortunadamente no nos mojamos.

Muchos sonrieron maliciosamente.

—Pero ésa es la verdad... claro, no tengo pruebas... pero se los puedo asegurar... si hiciéramos una nave.

—Doctor, ¿realmente piensa que algún cuerpo pueda soportar esas profundidades? —le preguntó un reportero indonesio—, abajo no hay oxígeno, usted sabe que no solamente el humano no podría vivir abajo, tampoco ningún otro animal a más de cuatro mil metros de profundidad, la ciencia lo ha demostrado.

—Pero es cierto, hay cosas que la ciencia no puede comprobar pero que existen.

—Me parece que está hablando de anticiencia —observé.

Muchas risas ya no pudieron contenerse.

Se miraron unos a otros como diciendo: "Oh, por Dios, qué mal está este hombre." Y poco a poco empezaron a retirarse. Al día siguiente salió una pequeña nota humorística en el periódico acerca de dos enfermos mentales que salieron a pescar, tuvieron un accidente y creyeron toparse con monstruos marinos.

En la tarde, trasladaron al doctor Hillinger al hospital psiquiátrico de Auckland en Nueva Zelanda, luego de diagnosticarle ciclotimia, estrés por exceso de trabajo, neurosis, esquizofrenia y actitudes psicótico-paranoides.

Yo seguí tranquilamente mi recuperación y la prensa no volvió a molestarme, la única visita que tuve fue la del rector de mi universidad, vino para ofrecerme de nuevo mi puesto (que por supuesto acepté). Hace unos días pude volver a caminar y salí a los jardines del hospital, desde allí pude ver el mar, me sentí inmensamente feliz y tranquilo al saber que allá abajo hay alguien que se preocupa por nosotros. Me recordé la promesa de protegerlos para que nadie volviera a lastimarlos.

De regreso pasé por el pueblo y vi que alguien leía el periódico, en la portada aparecía un recuadro pequeño, al parecer se encontró un nuevo mensaje en otra lata del mercado de Hau. Pensé con miedo en otra aventura, pero no, decía que solamente era una lata con un escueto mensaje adentro.

Dicen que es un mensaje de amor.

Índice

1 El nacimiento de un científico 7

2 Viaje a Roma 21

3 Los anticientíficos 33

4 Las materias prohibida 45

5 Enemigos 61

6 Encontrando amigos 79

7 La nave ovológica 95

8 Profundidades 105

9 Un mundo oculto 121

10 Monstruos y curiosidades 135

11 El Club de la Salamandra 147

12 Buscando la realidad 155

13 Laberinto de conocimientos 167

14 La ciudad de la anticiencia 175

15 La bestia ovológica 189

16 Los ongruos 203

17 Retorno a casa 217